薔薇の系譜

杉原理生

幻冬舎ルチル文庫

CONTENTS ✦目次✦

夜と薔薇の系譜

✦カバーデザイン＝小菅ひとみ(CoCo.Design)
✦ブックデザイン＝まるか工房

イラスト・高星麻子✦

夜と薔薇の系譜

I　異界の使者たち

大学からの帰り道の途中、律也《りつや》は立ち寄ったカフェのテーブル席で辺りを振り返った。
薔薇《ばら》の香りが鼻先をかすめたような気がしたが、一瞬で消え去った。店内の珈琲《コーヒー》の匂いに掻《か》き消されたのか。

花が咲いている様子もないのに、どこからともなく薔薇の香りが漂ってくるときは、ヴァンパイアの貴種が近くにいる証拠だ。ヴァンパイアの体臭であるそれは、珈琲の匂いなどで消されるものではないと知っている。どんな香りよりも律也の鼻には強く感じられるはずだった。

香りは錯覚だったのかもしれないが、誰かに見られているような気配がして妙に落ち着かなかった。

周囲のテーブルの客たちは誰も律也に注目している様子はない。表通りからは外れている小さなカフェなので、午後のお茶時でも客の入りは半分にも満たない。店内の客はおしゃべりしたり、ひとりで本を読んだり、携帯の画面を眺めたりとさまざまだ。

なによりも異変があれば、自分の背後をつねに見張っている護衛のレイが姿を現すはずだった。

気のせいか……。

ほっと息をついて、律也はテーブルの上に広げた原稿に目を落とす。ヴァンパイアを描いた『夜の種族』の続編の初稿が書きあがったので、推敲《すいこう》の最中なのだ。

実際の夜の種族たちを知ってしまったいまとなってはこんなものを書くのはどうなのかと思うが、事実を知っているから書けるものもある。

どうせほんとうのことは書けない。けれども律也の頭のなかにはこの世のものとも思えない美しい夜の種族たちのイメージがあふれている。怖くて綺麗《きれい》で、近寄りがたくて、その稀有《けう》な存在ゆえにいとしくて——そういう感情をなんらかのかたちで吐きださずにはいられない。自身ももうすでに人間ではなく、そのなかの一部と化してしまっているのだけれども……。

こんなことを考えるとき、童話作家であった父親の智博《ともひろ》はどうやってやりすごしていたのだろうと思うのだ。父にも夜の種族たちは近しい存在だった。父がいまそばにいてくれたら、なにかアドバイスをしてくれただろうか。

（夜の種族には深くかかわっちゃいけないよ）

幼い頃から、律也はそういいきかされて育ってきたけれども……。

二十歳《はたち》の誕生日を境に、花木《はなき》律也は幼い頃からの想いびとである国枝櫂《くにえだかい》の伴侶となった。

櫂は夜の種族――ヴァンパイアの貴種で、七つに分かれている氏族のひとつの長だ。律也自身も夜の種族たちがもっとも好む純粋なエネルギーをもつ〈浄化者〉という特別な存在だ。櫂と結ばれ、ひとならざるものとなった五月の誕生日から早数か月が経《た》ち、季節は秋へと移り変わっていた。陽《ひ》が翳《かげ》ると、空気は冷たくなり、木々の葉の色も秋色に染まりつつある。律也は大学生で、櫂と再会する前にはヴァンパイアを題材にした作家としてデビューしており、時おり夜の種族たちの世界を訪れる以外は、いまもこちら側では以前とさほど変わらない暮らしをしている。

ふと後ろの席から、女子学生らしい二人組がなにやらこそこそいいながらこちらを見ているのに気づいて、律也は身構えた。先ほど感じた視線は彼女たちだったらしい。

普通の大学生だったら、女の子が自分に注目してくれているのかと都合のいい妄想をすることもできるが、律也の場合はそうもいかない。なにせ自分は人間よりも妖《あや》しいものたちをひきつけてしまうらしいから。夜の種族たちにとって〈浄化者〉の発する気は魅力的なのだ。

彼女たちがもし人界にいる夜の種族だったら……。人間とそうでないものの区別はつくつもりだったが、高度な目眩《めくら》ましの術を使っている可能性もあると神経を研ぎ澄ます。

護衛役であるレイを呼んだほうがいいだろうかと考えていると、ふっと薔薇の香りが鼻を突いた。今度は一瞬では消えない。

知っている匂いだった。ヴァンパイアの発している薔薇の香りはひとりひとり微妙に違う。

これは幼い頃から大好きだったひとの香りだ。

「律――」

視線を原稿から上げると、国枝櫂が律也の座っているテーブルの脇に立っていた。律也の子どもの頃からの想いびとであり、誰よりも愛しい伴侶。

「櫂……」

「どうした？　難しい顔してるんだな。俺が店に入ってきたのにも気づかなかった」

憂いがちに見える黒い瞳、同じく闇色のつややかな髪、芸術品のように疵《きず》ひとつなく整った顔は見る者すべてを引き込むような甘い微笑《ほほえ》みに彩られている。長い手足をもつバランスのよい体躯《たいく》はその場に立っているだけで美しいオブジェのようで、どの角度から見ても完璧だった。

ひそやかな月光の下で光り輝く宝石のごとく、夜の種族の美しさをその身にすべて凝縮したような櫂の姿を目にして、律也はしばし惚《ほう》けた。

夜の世界の住人である櫂が、真昼間のカフェに現れたことをすぐには現実として呑《の》み込めなかったせいもある。最近、会うのは櫂が律也の家を訪れてくれる夜ばかりだった。

「櫂、どうしてここにいるんだ？」

「どうしてって……律をさがして大学に行く途中だったんだ。そしたら、この店の窓からきみが見えたから。一緒にお茶を飲もうかと」

ウェイトレスが近づいてきたので、櫂はアールグレイの紅茶を注文する。櫂が普通の人間のように振る舞うので、珍しいものを見たような気持ちになってしまう。思い返せば、櫂と再会してから現実離れした光景の連続だったから。

妖しく光る薔薇も、飛び散る血しぶきも、背中の翼から舞い散る羽根も存在しない。穏やかな午後の陽射しのなかで、街中のカフェで櫂と差し向かい——慣れない状況にかえって困惑する。

「律は原稿作業の途中だったのかな。邪魔をして悪かった？」

「い、いや……こんなのどうでもいいんだけど」

律也があわててテーブルの上の原稿を隅に寄せると、櫂はわずかに咎《とが》めるような目をした。

「駄目だよ。仕事なんだろう。軽口でも『どうでもいい』なんていわないほうがいい。言霊《ことだま》があるから」

「う、うん」

律也が「わかった」と背すじを伸ばして返事をすると、櫂はおかしそうに微笑んだ。

幼い頃から櫂に育てられたので、こうやって注意されると弱い。子どものときも声を荒らげて怒られたことはないが、「駄目だよ」と美しい顔で眉をひそめられただけで、律也はなんでもいうことをきかなければならない気にさせられたものだ。

ほどなく注文した紅茶がテーブルに運ばれてきた。櫂はそえられてきた砂時計の砂が落ちきると、ポットから静かにカップにお茶をそそぐ。一連の動作が絵に封じ込めてしまいたいくらいに優雅で美しい。

燿は夜の種族たちの世界ではクラシカルな黒衣装に身をつつんでいるが、今日はごくシンプルな薄手のセーターにジャケット姿だった。黒ずくめの服は、完璧な美貌をいっそう引き立てる。

ふと、斜め後ろの席で先ほど律也を見てはなにやらいいあっていた二人組の女性が燿に熱い視線を向けているのに気づいた。もしかしたら高度な目眩ましの術を使った夜の種族なのでは——と疑惑を向けていたのだが……。

「なんだ……」

律也がぼそりと呟《つぶや》くと、燿は「なに?」と聞きとがめる。

「いや……あそこにいる二人組の女のひとたち。さっきちょっと妙な視線を感じたから、夜の種族なんじゃないかと思ってたんだけど、俺の気のせいだった。燿を見てうっとりしてるから、普通の女のひとだ。目がハートマークになってる」

燿は二人組の女性をちらりと見やってから、小さく笑った。

「どうして彼女らが夜の種族だなんて思ったんだ?」

「だって最初は俺を見て、なんかこそこそいってるみたいだったから。じろじろ見てるし」

「あの女の子たちは、きっと律を見ながら『カッコイイ男の子がいる』って噂してたんだよ。

王子様みたいだって」

「それはない」

「なぜ？」

「あるわけがない。俺は櫂みたいじゃないし」

きっぱりと返す律也を見て、櫂は少し困ったように笑った。

「きみは自分を知らない」

実際のところ、律也は祖母方の外国の血がまじっているせいで、日本人離れした端麗な顔立ちをしていた。髪は亜麻色、瞳や肌の色素も薄く、細身で手足がすらりと長い。傍《はた》から見れば浮世離れした綺麗な青年なのだが、残念なことに本人にはその自覚が皆無だった。

それというのも、子どもの頃から櫂や家の庭に現れていた夜の種族たちの美貌を見慣れてしまっているせいだった。お伽話《とぎばなし》から抜けだしてきたような美形ばかり見て育ってきたおかげで審美眼が限りなく上方向にゆがみ、自分の容姿に自信をもったことなどないのだ。

もちろん時おり「王子様みたい」と他人から褒められることはあったが、そのたびに「いや、きみはほんとうの王子様ってものを知らない」と説教をしたいような気持ちになった。

真の王子様といったら、いま目の前に座っているような……。

あらためて櫂を見つめ、その黒曜石の瞳に吸い込まれるように見入る。美男と称されるのが誰よりも似合う櫂だが、近頃はますますその美貌に磨きがかかって、顔立ちがどうのこうのというよりも存在そのものが眩《まばゆ》く感じられる。

浄化者の律也の気の力のせいで、櫂は原始の力をもつとされる白い翼の持ち主となった。伴侶として結ばれ、何度も交わるうちに、律也自身のからだも徐々に変化してきているはずだが、その目にも櫂の美貌はやはりひときわ際立って映る。そのうちに手が届かなくなってしまいそうな……。

「律？　どうした？」

呼びかけられて、律也ははっと我に返った。見惚《みと》れていたことを気取《けど》られたくなくて、ごまかすように咳払《せきばら》いしてみせる。

「ううん、なんでもない。……それにしても櫂、今日は珍しいんだね。昼間からこっちにいるなんて」

「向こうもだいぶ落ち着いてきたから。できるだけ律のそばにいたいんだ」

今年の夏休み、律也は夜の種族たちの世界を初めて訪れ、そこで櫂が新たに氏族の長になったことを快く思わない反対勢力が起こした陰謀に巻き込まれた。事件が決着したあと、櫂はそれまで新婚だというのになかなか家を訪れられなかった埋め合わせをするように頻繁に顔を見せてはいたが、昼間にこうして現れたのは初めてだ。

「しばらく俺は律のそばにいることが一番の役目だ。ほかは後回しで良い」

「長がそんなことといったら駄目なんじゃないの？」

「長としても優先事項だから大丈夫だ。きみは〈浄化者〉だから、周囲も納得してる。きみを守ることが俺の使命だから」

普通の男がいったなら歯が浮くような台詞《せりふ》でも、櫂の深みのある甘い声で囁《ささや》かれるとまるで魔法にかけられているみたいだから困る。

再び惚けそうになった律也に、櫂はかすかに悪戯《いたずら》っぽい笑いを見せた。

「――と格好よくいいたいところだけど、ほんとは俺が単純に律と一緒にいたいだけだ。こんなふうにきみと外でのんびりお茶を飲む機会もなかなかない。近いうちに、どこかに出かけよう。行きたいところはあるか?」

「え……」

これはデートのお誘いなのだろうか。

櫂と再会してからというもの、いきなり始祖を倒すだの、反対勢力との対決だの、血腥《なまぐさ》いこと続きで、思い返せばふたりで遊びに出かけたことはない。

「遊びに出かけるなんてできるの?」

「できるよ。旅行にでも行こうか。律の行きたいところへどこにでも」

いつもはほかのヴァンパイアとかオオカミ族とか狩人とか子狼に化ける変な精霊とか、いろんなものが周囲に現れるけれども、今日はふたりきり――午後のカフェで旅行の相談をするなんて、普通の恋人同士のようではないか。

どうかこの時間を誰にも邪魔されませんように——と律也は祈ったが、ささやかな願いはほどなく打ち砕かれた。

「——櫂様」

レイがいつのまにか音もなくテーブルの脇に現れたからだ。

仕えるものとしては最高位の〈一の者〉と呼ばれるヴァンパイア。レイの外見は少年だが、実際は何百年も生きている。櫂と同じく闇色の髪をしていて、ヴァンパイア特有の冷めた美貌の持ち主だ。律也の警護役で、いつもどこからともなく現れる。

「おふたりでおくつろぎのところを申し訳ありませんが……少々厄介なのがきています」

レイの報告に、櫂は表情を引き締めた。

「ああ——気配が近づいてるな」

「わたしが追い返しましょうか」

「いや、いい。今日追い払っても、どうせまたくるだろう。律がひとりのところを狙われるよりもずっといい」

狙われる——？

律也が表情を硬くすると、櫂が「大丈夫だ」と唇の端をあげてみせる。

「ちょっとした使者だから」

しばらくすると、カフェの扉が開いて、店内に客が入ってきた。若い男で、すらりとした姿かたちはモデルかと思うほどのスタイルのよさだった。

男は律也たちを見つけると近づいてくる。

その男を見て、律也はどうして先ほど近くの席の女性たちを「夜の種族かもしれない」などと疑ったのだろう――と思った。

その種の者は、疑うまでもなく一目でわかる。人間離れした美貌となにかを超越したような雰囲気をもっている。人間とは明らかに違う異形の存在。

男はヴァンパイアだった。櫂の氏族ではない。他の氏族の――。

「突然申し訳ありません。無礼を承知でお願いにあがりました」

ヴァンパイアは律也たちを前にして恭《うやうや》しく頭を下げた。レイが一歩前に出て、男に鋭い視線を向ける。ふたりにしか通じない〈閉じた心話〉で会話をしているようだった。

レイと男が並んで立つ様子はかなり目立つはずだが、店内の誰も注目した様子はない。この空間だけが周囲から隔離でもされているようだった。

男はレイに心話でなにやら説明したあと、再び律也たちに一礼した。

「〈アケディア〉のナジルと申します。わが主から招待状をお届けに参りました。ぜひ我らの城においでいただきますよう、お願いいたします。わが主、ラルフ様はおふたりにお会いしたいと望んでおります」

〈アケディア〉――七氏族のうちのひとつだ。長の名前はラルフというのか。

ナジルがすっと腕を伸ばすと、いつのまにかその手にはまるで宙から出現したように真っ白な封筒があった。

テーブルの上に封筒を置くと、男は再びレイに向き直った。レイは厳しい顔をしたままだった。なにやら心話で会話をしている。

いきなりなにが起こるのかと緊張していたが、彼はその封筒を届けにきただけらしかった。

しかし、なぜわざわざ——？　いったいなんの招待状？

疑問はたくさんあったが、男にまともに対応しているのはレイだけで、櫂は黙ったままなので、律也が口を開くわけにもいかない。

ナジルは上位のヴァンパイアだった。力の強い者ほど美しいのに加えて、ふとした表情や立ち居振る舞い、なによりも身体からみなぎるオーラに格段の違いがあるのがわかる。

突然現れて、櫂やレイを前にしても臆した様子はない。ただ自分の使命を果たそうとしている毅然《きぜん》とした態度が印象的だった。封筒を届けにきただけのメッセンジャーにしては、堂堂としすぎていた。

その後、ナジルはレイと顔を見合わせ、心話で続けてやりとりしていたが、敵意があるようには見えず、その表情は冷静沈着ながらも必死なものがあった。

レイとのやりとりがすむと、ナジルは再びこちらに向かって頭を下げ、店を出て行ってしまった。テーブルに残された封筒を見つめながら、律也は瞬《まばた》きをくりかえす。

「いまのはなんだったんだ？」

　櫂は気難しい顔つきで封筒を手にとってみせる。

「これを――招待状を届けにきたんだ」

「他氏族が櫂を自分たちの城に招待するのか？」

「目的は俺じゃない。きみ目当てだ」

　櫂は厳しい顔つきのまま手にした封筒をレイに渡す。

「何通目ですかね。そろそろ紙飛行機を折るのも飽きてきましたね」

　レイは冷めた様子で受け取る。その殺伐《さつばつ》とした目つきを見ていると、折り紙にするどころか封も切らずに破るか燃やすかしそうだった。どうやらこれが初めてではないらしい。

「あちらの世界の城には毎日山のように招待状がきていますよ。ぜひ櫂様と伴侶になった律也様に遊びにきていただきたいと」

「さっきの使者は何者なんだ？　レイは知ってるの？」

「何度も招待状を届けにきているので、顔は知っています。しかし櫂様と律也様がいるところに事前の連絡もなく堂々と現れるとは……さっきのナジルは、〈一の者〉なのです。本来は書状を届けるような立場の者ではない。それを使者にするとはどうなっているのか。〈アケディア〉は一番招待状の数も多いのです。本来、他氏族とは交流しない〈閉ざされた氏族〉なんですが」

〈閉ざされた氏族〉——あまり外界と接することのない氏族をこう呼んでいるらしい。

「だけど、城に招待って……ヴァンパイアの世界って、そんなに友好的なの？　違う氏族でも、互いのお城に遊びにいったりするわけ？」

種族のなかで頂点に立つために、七氏族は対立しているのではなかったのか。もっと殺伐としていると思っていたのに、お城に招待とはずいぶんのんびりしている。

櫂は「いや」と首を横に振った。

「このあいだの〈ルクスリア〉との調停式のあとの宴《うたげ》で、他の氏族の代表できていた連中がきみを見たせいだ。新しい伴侶の〈浄化者〉がいると伝わったんだろう。それで各氏族の長が興味をもって、声をかけてきてるんだ」

調停式のあとの宴では、七氏族のヴァンパイアたちに、たしかに好奇心に満ちた視線を向けられたことを思い出す。珍しい〈浄化者〉を前にして、彼らは興奮していた。いくら好物の気を発する存在だからといって、櫂たちの氏族は律也に対して控えめな反応を示すが、他氏族のヴァンパイアの目は静かながらも異様な熱を帯びていた。神々《こうごう》しいものを崇拝するように、もしくは獲物を狙うように。

「俺を襲うために招待してるわけ？」

「まさか。俺も一緒にといわれているのに。きみを見たいだけだ。だが、見せてやる義理もない」

耀は招待に応じる気はないらしかった。

「でも、ことわってばかりじゃ失礼にあたらないのか？　さっきの使者のひと、ものすごく必死に見えたけど。『どうしてもうちの城にきてほしい』って」

レイが「だからよけいに不気味なんですよ」と顔をしかめた。

「〈アケディア〉は我らとはそれほど距離が近い氏族ではないのです。なぜ〈アケディア〉があれほど耀様と律也様を招待したがるのか……。七氏族は、みな一応、表向きの交流はあります。我らがばらばらだと、他の種族に付け込まれますからね。このあいだのように我が氏族と〈ルクスリア〉だけのいさかいであっても、調停がある場合は必ず残りの氏族も呼ぶ。七氏族でヴァンパイアはひとつだという建前があるので――ですが、氏族間でそれぞれ交流の密度が違いますし、昔から仲が悪いとか良いとかの相性もあります。そういう意味では〈アケディア〉はとても遠い」

「耀の氏族が……〈スペルビア〉が親しいというか、一番距離が近いのはどこなの？」

「〈グラ〉と〈ルクスリア〉ですね」

以前にも〈グラ〉というのは友好的な関係だと説明されたことがある。しかし……。

「〈ルクスリア〉も？　このあいだも小競《こぜ》り合いをしたっていうのに？　じゃあ一番仲が悪いのは？」

「それも〈ルクスリア〉ですね」

一番親しくて、一番仲が悪い――？

眉根を寄せる律也を見て、レイが肩をすくめてみせる。

「まったくかかわりがないと、喧嘩《けんか》にすらならないのですよ。いまは外界に関わりをもとうとしない氏族もいるので……そういった氏族は計り知れないところがあるのです。いまの使者の〈アケディア〉と、〈イラ〉という氏族がその最たるものです。このふたつは閉ざされている。〈ルクスリア〉の場合は、互いに若い長同士なので……カイン様の時代には、アドリアン様は他氏族とはいえカイン様に心酔しているようなところがあったので、城によく訪ねてきましたし」

〈ルクスリア〉の長――アドリアン。金髪碧眼《へきがん》の気障《きざ》な美貌を頭のなかに思い浮かべる。

そういえば小競り合いが起こりはじめたのは、代替わりしてからだと以前聞いたことがある。レイの話では、先代のカインそっくりの櫂にかまってほしくてちょっかいをだしてきたということだったが。

「『少々厄介なのがきます』って、さっきの使者のことなのか？　おとなしく手紙だけおいて帰って行ったけど」

「いいえ、まだもうひとり――」

レイがカフェの入口のほうを振り返ると、タイミングを計ったように扉が開いた。

律也は思わず「あ」と声をあげそうになる。まさに噂をすれば影、店内に入ってきたのは、ちょうど話題にでた〈ルクスリア〉の長であるアドリアンだった。

少し癖《くせ》のある金色の髪に青灰色の瞳。貴族的に整った顔立ち、すらりと背の高い引き締まった体軀の美青年だ。

こちらの世界では映画から抜けだしてきたような美形なのだが、不思議なことに先ほどと同じように店内の客たちはアドリアンが入ってきたのに注目した様子はなかった。

「皆さん、お揃《そろ》いだね。久しぶり。おや、レイが怖い顔をしてるところを見ると、まるで僕がくることがわかっていたみたいだ」

「気の乱れでわかります。隠すつもりもなかったでしょう」

「きみたちにわからないようにしたら、なにか悪いことを企《たくら》んでいるみたいに思われてしまうじゃないか。そんなに睨《にら》まないで。今日は招待状を届けにきただけなんだから」

アドリアンはテーブルの上に封筒を置いた。

また招待状――?

櫂とレイはそろって苦虫を嚙《か》み潰《つぶ》したような顔をしている。

先ほど〈アケディア〉の上位の貴種が招待状を直接届けにきているだけでも不気味だといっていたのに、〈ルクスリア〉はとうとう長本人がメッセンジャーなのか――とあきれているようでもあった。

「きみの城への招待ならことわると何度も返事をしたはずだが」

櫂が重々しい調子で答えると、アドリアンは「承知している」と含みのある笑いを見せた。

「きみたちに『お城訪問』の招待が殺到してるんだろう。でも、僕をほかと一緒にしてもらっては困るな。〈ルクスリア〉と〈スペルビア〉はつい先日も協力関係にあったばかりじゃないか」

反対勢力の陰謀事件で、〈ルクスリア〉の夢魔が櫂の氏族の反対勢力に利用された件をいっているのだ。本来、他氏族の配下に手をだすのは禁忌《きんき》なので、犯人は〈ルクスリア〉に引き渡さなければいけないのだが、免除してもらったことがあった。

レイが硬い表情になった。

「その前は小競り合いをして、休戦協定を結ばなければいけないほど揉《も》めていた仲のはずだが、お忘れか？」

お気に入りのレイが反応したことがうれしいのか、アドリアンは微笑んだ。

「べつに恩を着せようというわけじゃない。ただ互いに歩み寄れば、我らの距離はもっと縮まるのではないかと思ってね。それに――律也くんは〈浄化者〉のことを知りたがっていただろう。以前に話さなかったかな？　僕のところには〈浄化者〉について資料や記録が少しばかり存在する」

〈浄化者〉の資料――。

その言葉に惹かれるものがないといったら嘘になった。

〈浄化者〉は夜の種族にとっては惹かれずにはいられない貴重な存在らしいが、当の本人である律也にすらどういうものなのかよくわからない。

いくら櫂の伴侶になって、人間の時間の流れから切り離されたといっても、律也自身は自分がさほど変わったという自覚がないので、妖しく美しい種族に好かれるといわれても実感がまったくもてないのだ。

せめて〈浄化者〉というのがどういう存在なのかわかったらいいのだが……。

律也の顔色の変化を察したのか、アドリアンは「ほら釣れた」とばかりに唇の端をにっこりと上げた。

「調停式のあとの宴のときには招待してもことわられたけれども、あれから事件を通して、我らのあいだには幾ばくかの信頼関係が築けたはず。櫂は律也くんを手放したくないだろうが、一緒にきてくれればいいんだ。歓迎するよ」

櫂はとりつくしまもなかった。

「ことわる。先日の件は感謝しているが、それとこれとは別だ」

「またそんなことをいって……僕の城にくるのに警戒する必要なんてない。若い長同士、親交をはぐくみ、連携を図ろうじゃないか。人界にまったく出てこないような、閉鎖的な氏族どもに対抗するために。きみと僕ならきっと――」

櫂はなにをいわれても聞く耳をもたない様子だったが、レイはいまにもアドリアンを射殺しそうな物騒な目つきになった。

アドリアンはちらりと横目でレイを見る。

「レイ、可愛らしい顔をそんなにゆがめることはない。どうせ僕がきみの主に敵《かな》わないのは知っているだろう。なにせ櫂は白い翼の持ち主だ。一騎打ちになったら、僕が負ける。同じ白い翼をもつという〈イラ〉の長でも担ぎだしてこない限りね」

〈イラ〉の長――先ほど〈アケディア〉と同じく閉ざされているといわれた氏族だ。その長が白い翼をもっているなんて初耳だった。

「このような場所で迂闊《うかつ》に話すような内容でもないでしょう。不用心すぎる」

「おっと、怒っているのはそちらのほうか。むしろ人界のほうが注意をひかないのでね」

アドリアンがすまして答えたとき、カフェの扉がまた開いた。

「アドリアン様……！　またこのようなところで」

ひとりの男が入ってくる。はちみつ色の髪と青い瞳、抜けるような白い肌をもつ綺麗な青年だ。

「ルネか。なにをしにきた」

「なにをしにきたじゃありません。どうして周囲の者になにもいわずに勝手な真似をするのです。わたしは――」

そこでルネとやらは初めて律也たちに気づいたように、はっと顔をこわばらせる。

「こ……これはっ……〈スペルビア〉の皆様、ご機嫌麗《うるわ》しゅう……」

もごもごとくちごもって、白い肌を真っ赤に染めてうつむく。背後にたちのぼるオーラから上位の貴種であることが窺《うかが》えた。上位の者はいつも無表情で冷淡ですらあるので、赤面してどもるタイプは初めて見た。

律也を除く他の三人は、場違いなものを見るような目をルネに向けた。とくに主であるアドリアンはひどく不愉快そうだ。

「ルネ。いきなり無作法に入り込んできて、騒々しいではないか」

「は……申し訳ありません」

ルネは委縮したように顔を下に向ける。

騒々しいといっても、相変わらずカフェの店内はこの目立つ麗人たちに気づいた様子もない。先ほど櫂に熱い視線を送ってきた女性たちのテーブルを振り返ると、何事もなかったようにおしゃべりに熱中している。最初から律也たちのことなど目に入ってなかったとでもいうようだ。

やはりヴァンパイアたちは目眩ましの術でも使っているらしかった。おそらくレイが現れたときから、みなそれぞれの存在を普通の人間の目や耳に意識させないようにしているのだ。

「皆様、うちの者が不調法なところを見せて申し訳ない。今日はこれで失礼するよ。招待の件だが前向きに考えてくれたまえ。――ルネ、おまえは僕についてくるな」

アドリアンはさっさと踵《きびす》を返してカフェを出ていってしまった。「ついてくるな」といわれたルネはおろおろとして、捨てられた子犬のような目をしている。

また変なヴァンパイアが現れた――と律也は思った。ルネは上位特有の美貌と、目つきや態度の自信のなさがアンバランスな青年だった。

「久しぶりです。ルネ」

レイが声をかけると、ルネの顔が少しだけ輝いた。

「……レイ殿。櫂様も……律也様にはお初にお目にかかれて光栄です。わたしはルネと申します。お見苦しいところをお見せして申し訳ありません。皆様がご歓談中とは思わなかったものですから」

「――気にするな。歓談などしていない。かえって助かった」

櫂が他氏族のヴァンパイアに声をかけるのは珍しい。長としての櫂はいつも寡黙だ。

「そういっていただけると……」

ルネは感激したように目を潤ませる。よくよく考えれば、「きみの主を追い払ってくれて助かった」といっているのだから、だいぶ失礼な話ではあるが、ルネはそう受け取っていないらしかった。

「レイ殿。あの、わが主は皆様になにを……」

「招待状を届けにきたのですよ」

「ああ、やはり。わが主はいつもひとりで動き回られるので……休戦協定を結んだばかりなので、ご招待するにしてももっと時間をおいたらどうかと進言していたのですが。他の氏族も耀様たちに声をかけていると知って、アドリアン様はムキになってしまわれて……」

「何度もおことわりの書状はだしているのですがね」

「無駄です。アドリアン様は蛇のようにしつこいのです」

主に頭があがらないふうなわりにはさらっと不遜《ふそん》なことをいう。いつもアドリアンに「可憐だ」「美少年だ」としつこく嫌がらせの揶揄《やゆ》をされているレイは、「たしかに」と真顔で頷《うなず》く。

「……わたしとしても、皆さまがわが氏族の城に遊びにいらしてくだされればうれしいのですが……」

憂い顔になっていたルネはふいにどこか遠くのほうを見るような目をした。

「あ――いけない。わたしもそろそろ失礼いたします。アドリアン様が呼んでいるようなので。……まったく、さっきついてくるなっていったのに」

大きく嘆息してから、ルネは急いでカフェを出ていった。あわただしい後ろ姿を見送りながら、律也はあっけにとられる。

「……なんか……落ち着きのないヴァンパイアだね。耀は彼をよく知ってるの?」

「いや。よくは知らないが。アドリアンのそばで彼がうろうろしてれば目立つから、いやでも覚えた」

「このあいだの調停式のあとの宴にもいた？」

「いなかったな。時々、謹慎をくらって姿を消してるらしいから。アドリアンのお気に入りの側近らしいんだが、そばにおいたり、ひっこめられたりしてる。おかげでよけいに情緒不安定だ」

どういう扱いの側近なんだ――と律也は首をひねる。

「あれでも〈一の者〉なのですよ。人間の頃の性質がヴァンパイアになっても変わらないのは少なくないのですが、それをアドリアン様が面白がって」

「面白がるって？」

「かわいいので、しつけたらしいです。最初はあそこまでおどおどしてはいなかった。ヴァンパイアとしての能力は高いから、それなりにプライドもあったはずなのですが、側近にさせられたり、調理場の皿洗いにさせられたり、また側近にとりたてられたり……かわいがったり突き放したりのくりかえしで、なけなしの矜持《きょうじ》は木端微塵《こっぱみじん》に」

「ひどい」

律也が呻《うめ》くと、レイは「だからあの長は変わり者だといったでしょう」としかめっ面で答えた。

「レイ」

櫂がアドリアンの置いていった封筒をレイに手渡す。レイは先ほどの封筒とともに上着の内ポケットにそれをしまいこんだ。あれも紙飛行機に折られる運命なのだろうか。

「招待状って、こうやって必ず手紙で届けるんだ。古風なんだね」

「文字は効力をもつからな。契約書と一緒だ。書面に記録された意向は重んじられる」

いまは人間でも手紙を書く機会は減っている。心話を使いこなせる夜の種族がなんでわざわざ使者をたてて招待状を届けるのかと思ったら、霊的な存在は契約に縛られるというのと理屈は同じなのか。

「じゃあ、招待状は折り紙にしちゃっても、ことわりの返事はきちんと書面でだすの？」

「もちろん」

謎の〈アケディア〉はともかく、アドリアンからの招待もことわってしまうのか——。

櫂はもちろんレイも招待を受ける気はさらさらなさそうだった。しかし、律也は〈浄化者〉の資料とやらが気にかかった。櫂が絶対に許してくれないのはわかっているけれども……。

使者たちがいなくなると、レイもすぐに「失礼いたします」と姿を消した。

先ほどヴァンパイアたちが現れる前は、今日は櫂とふたりきりで普通の恋人同士みたいだと浮かれていたのに、いまや異界からの訪問者たちのおかげで気持ちが乱れっぱなしだった。

「律？　どうした？」

せっかく櫂とどこかに出かけようかと楽しく話をしていた最中だったのに——ひそかにた

めいきをつきながら、律也は「なんでもない」とかぶりを振った。

「浄化者の資料があるって？　アドリアンがきみにそういったのかい？」

翌日、大学の学食で偶然東條《とうじょう》と顔を合わせたので、律也はヴァンパイアたちが招待状を届けにきた一件を話した。

「たしかにアドリアンは浄化者や狩人のことを調べているとは聞いてる。やつらの氏族はそういった研究に貪欲《どんよく》だからな。〈知識の塔〉っていう古今東西のさまざまな分野の貴重な資料を集めた場所が〈ルクスリア〉にはあるんだよ。国枝櫂がきみを手に入れたから、アドリアンは自分も浄化者の伴侶が欲しかったみたいだけど、まあそんなに簡単に見つけられるわけもない」

東條忍《しのぶ》は大学の先輩で、律也が櫂の伴侶になる少し前に覚醒した夜の種族の狩人だ。狩人は夜の種族を狩る特殊な存在で、世界の調整役といった役目も担っているらしい。

長身痩軀《そうく》、顔は中性的な天使のような美貌、狩人としての姿は凜々《りり》しいが、東條個人の中身はただのオカルトマニアの変人だった。独自のペースをもっているので、彼と話をするときは本筋から脱線しないように用心が必要だ。

「櫂もレイもまったく招待を受けるつもりはないみたいなんだけど、俺は正直なところ浄化者のことが知りたくて。でも、このあいだの陰謀事件を考えると、迂闊に動けないってことはわかっているし」

「僕なんかに相談するよりも、きみはこの世の叡智《えいち》のすべてを知る精霊犬をもってるじゃないか。彼に教えを乞うといい。機会があれば、僕もぜひいろいろ聞いてみたいことがあるんだが……」

「いや……あれ、一応犬じゃなくて、オオカミなんですけど」

東條のいう精霊犬とは、語り部の石の精霊、アニーのことだった。本体は石だが、現れるときはたいてい赤毛の子狼の姿になる。人型のときは赤毛の美しい青年だが、律也以外の前では人間ヴァージョンでは滅多に現れない。理由は、「みんなが美しい俺の姿を見て、惚《ほ》れてしまうと困るからな」らしい。自惚《うぬぼ》れ屋の精霊である。

「アニーに聞けたらいいんだけど、人界の空気はやっぱり合わないらしくて。最近、呼んでもまったく出てこないんです」

「大丈夫なのかい？」

「返事をするときはいつもの調子だから、平気だと思うんだけど。なんでもこっちでは向こうの何倍も体力を消耗するから、なかなか出てこられないとか。最初は元気だったんだけどな」

律也はシャツの下の胸もとのペンダントをさぐる。語り部の石は沈黙したままだ。

夏休みが終わって、初めて夜の種族の世界から語り部の石をこちらにもってきたときは、アニーは「おおっ、人界」と喜んで子狼姿を現し、物珍しそうに律也の家のなかを駆けずり回っていた。しかし元気だったのは最初だけで、近頃は石のなかに引っ込んだまま、姿を見せない。アニーの場合、ほんとうに体力の問題なのか、単に面倒くさくて出てこないのか判断がつかないので困る。

「そうなのか……僕もワンコと遊びたかったんだがな。結局、あんまりさわらせてもらえなかった。慎司《しんじ》さんにはよくなついてたのに」

いや、だから犬じゃないんだって——というツッコミはもはやする気にもならなかった。

赤毛の子狼が、実は語り部の石の精霊だと告げたとき、東條は少なからずショックを受けたようだった。偉大な精霊が子狼に擬態し、「アニー」などと単純な名前を付けられていたことに気落ちした……というわけではなく、自分が骨董屋《こっとうや》から買ってきた石なのにまったく己になついてくれないことに傷ついたらしい。

アニーは慎司などにはそれこそ子犬のように甘えるが、東條にはなぜか近づきたがらないのだ。夜の種族の心情を読みとれるアニーだが、東條だけはまったく心の内が覗《のぞ》けないらしい。「ケモミミかわいいなあ」などとくだらないことを考えているのは伝わってくるが、そういった表層部分以外はいっさいシャットアウトされていて、それが不気味なのだといっていた。そういった心の構造は、狩人らしいともいえるようだが。

その話を聞いたときには、いつもとぼけて見えるが、このひとも結構謎なんだよな――と律也はあらためて東條の存在を不思議に思ったものだった。

「今日、うちにきます？　俺も久々にアニーを呼びだしたいんで」

「いいのかい？　国枝櫂が滞在してるんだろう？　さっきの話じゃ、しばらく家にいるってことじゃないのか」

「俺が大学に行ってる昼間はどこかに出かけてるんです。夜も慎ちゃんとかちあわないように、遅くになってからしか帰ってこないし」

叔父の慎司はまだ一緒に暮らしているものの、以前に比べたら家を留守にすることが多くなった。律也が櫂の伴侶になったあとは家を出ていくことも検討していたが、陰謀事件があったせいで結局離れるのは心配だということになって、家を出る話はいったん保留になっている。

櫂も律也のそばに家族がいたほうが安心だと考えたのか、慎司についてはもうなにもいわない。以前は顔を合わせれば険悪なムードが漂っていたふたりだが、近頃では互いに気を遣っている雰囲気すら伝わってくる。

「――お、りっちゃん。おかえり」

東條をつれて家に帰ると、居間のソファに慎司が座って珈琲を飲んでいた。

父方の叔父である慎司はオオカミ族だ。叔父といってもまだ若く二十七歳。着痩《きや》せして見えるものの、実は脱ぐとしっかりした筋肉のついた身体をしていて、顔立ちは甘めに整っている。肩まで伸びた髪は無造作にくくっていて、少しだらしない感じすら魅力的な二枚目だ。

「あれ、慎ちゃん。今日は早いんだね」

「いや。これからもう一度出るところ。ちょっと忙しくなったんで、しばらく事務所に泊まるから、荷物をとりにきた」

すでにソファの足元にはふくらんだ旅行バッグが置かれている。慎司は調査会社を仲間と共同経営している。以前は知らなかったが、その仲間というのもオオカミ族らしい。彼らは人界にもっとも溶け込んでいる種族だ。

「慎ちゃん、じゃあ今日は夕飯うちで食べないの？」

「うん、外で食べるよ。これ飲んで、少し休んだらもう出るから」

仕事が忙しいのは嘘ではないだろうが、耀がしばらく家に滞在することになったのも理由のひとつに違いなかった。

「こんにちは、慎司さん」

東條があいさつすると、慎司は一瞬固まった表情になって、「おう」といやそうに返事をした。オオカミ族と狩人は天敵なのだ。

狩人がオオカミ族を狩るのは、あくまでなにか問題が発生したり、数が増えすぎてトラブルになりそうなときだけで、世界の調和を正すためなのだそうだが、オオカミ族にしてみればそんな理屈は知ったことではない。

狩人は一度狩りをすると、数十年は空腹にならないらしく、東條はいわば現在「満腹期」で害はないのだが、それでも複雑な関係であることには変わりなかった。

東條がソファの隣に座ると、慎司はすぐに立ちあがって「じゃあな」と部屋を出ていこうとする。律也はあわてて「慎ちゃん、もうちょっといて」と呼び止めた。

「なんだ？」

「アニーを呼び出したいから。慎ちゃんがいてくれたほうが都合いい」

慎司が再びソファに座りなおすと、律也は早速とばかりに語り部の石のペンダントをはずして、テーブルの上に置いた。

細身のナイフをとりだしてきて指の先にあてる。慎司が「なにするんだ」と叫んだ。

「餌《えさ》をやるんだ。浄化者の血がアニーの好物だから。慎ちゃんも一緒に呼びかけてよ。アニー、最近全然でてこないんだ」

子狼の姿をとるぐらいなので、アニーは造形的にはオオカミ族が好みらしく、慎司にもよくなついている。

律也は指の先を刃先で切りつけ、ペンダントの石に血をたらした。ぽつり、ぽつりと血が石の表面を濡《ぬ》らすたびに、白い石のなかで炎のような赤い光がきらめいた。

「アニー。元気になった？　そろそろ体力回復しただろ？　姿を見せてくれ」

呼びかけてみたものの、石のなかの赤い光はゆっくりと点滅するだけだった。「それっぽっちの血じゃ足りない」といわれている気がしたので、血のついた指をぐりぐりと石の表面に押し当てる。いいかげんに出てこい——と少し意地になった。

「ほら、慎ちゃんもここにいる。今日から留守にするんだ。だからアニーに挨拶したいって。……いいかげんに出てきてくれよ」

ぽわん、と石が少しだけ熱をもったのがわかった。

『俺に会いたいのか』

石のなかから声がした。ここで機嫌を損ねては困るので、律也は即座に「会いたい」と返した。

『そんなに会いたいのか。みんな会いたいのか』

しつこいやつだと思いながらも、律也は慎司に「お願い」と目配せした。慎司は身を乗りだして石を覗き込む。

「アニー？　どうしたんだ？　心配になるから、元気なら顔を見せてくれよ」

すると、石はあやしく輝き、ゆらめく炎のような光が大きくなった。次の瞬間、石から赤い光が一気に噴きだす。

そばにいる律也のからだから青い気を吸いだすようにして、その光はいったん丸い塊になり、テーブルの上でくるくると回る。

やがて動きが止まったときには、光の塊は消え、代わりに一匹の赤毛の子狼の姿がそこにあった。子狼姿のアニーは「どうだ」とばかりに律也を見上げる。

「アニー」

律也がぱっと両腕を広げると、アニーは一応最初に飛び込んできたものの、お義理程度にからだをすりつけただけで、すぐに隣の慎司の膝《ひざ》の上にうつってしまった。

『慎司、なでろなでろ』

「おう、アニー、久しぶりだな」

リクエスト通り、慎司に頭をなでられて、アニーはひどくご満悦な様子で尻尾を振っている。

「うん？　そんなになでてほしかったなら、もっと早くに出てくればよかったのに。甘えん坊だなあ」

いまはもう見かけが子狼なだけで、中身が語り部の石の精霊だとわかっているのだが、慎司はアニーをオオカミ族の子どものように扱う。この姿で飛びつかれて甘えられたら、そうせざるをえないのだろう。おそらくそれが心地いいので、アニーは慎司がお気に入りなのだ。

まったくいい顔を見せる相手を選んでるんだから——と律也は白けた目を向けずにはいられなかった。律也がいくら呼びかけても出てこなかったくせに、慎司がしばらく留守にすると知ったらこれだ。一応律也が主のはずなのだが、完全に舐《な》められている。しかし、もっと気の毒なのは東條だった。アニーが自分のそばには寄ってこないとわかっているので、「いいなあ」と物欲しげな目をして慎司にじゃれつくアニーを見ている。……憐《あわ》れだ。

「アニー、早速だけど教えてほしいことがあるんだ。〈浄化者〉のことで……このあいだアドリアンが現れて、自分のところには資料があるっていってたんだけど。それって重要な内容かな？　俺が知っておいたほうがいいんだろうか」

『………』

アニーは律也の問いかけを無視したまま、慎司の膝にすりすりと顔をこすりつける。「ほら、アニー」と慎司に律也のほうを見るようにいわれても、聞こえてないふりをしてキュウンと甘えて鳴くだけだった。わざとだな——と律也はさすがにむっとした。

「アニー、返事してくれ」

『………』

アニーは慎司の膝の上に乗ったまま、仕方なさそうにちらりと律也を振り返る。

『アドリアンの城なんて、国枝櫂が行くわけないだろう。考えるだけ無駄じゃないのか』

「そうだけど……もし重要な内容なら、俺が行かなくてもどうにかして内容を知る方法はないのかなと思って」

『どうせヴァンパイアの伴侶になった浄化者の噂話程度の内容を記録してあるだけだろう。なにがわかるってわけではないと思うぞ。浄化者は天界の血を引いている者。その純粋なエナジーは眩く、夜の種族たちが原始の力を求めて誘蛾灯《ゆうがとう》に惹かれるがごとくに集まる。ただそれだけだ』

ヴァンパイアの伴侶になった浄化者の記録。それはまさしく律也の知りたいことだった。もし母が父と知り合う前に、ヴァンパイアの伴侶だったのだとしたら？

しかしアニーのいうとおり、櫂がアドリアンの城に訪問することを承知するわけがない。以前にも「絶対に行かせたくない」といっていたのだ。夜の種族は多かれ少なかれ律也に欲望を抱くので、ほんとうなら誰にも見せたくないとまでいっていた。

苦しそうに訴えていた櫂の顔を思い出したら、いとしい伴侶の望みに逆らってまで、母親のことを知りたいわけではなかった。いま、律也にとって、この世でなによりも大切なのは櫂だから。

「……そうだよな。考えるだけ無駄だ」

律也がためいきをつくと、それまでツンとすましていたアニーが、そろそろと慎司から離れてこちらに戻ってきた。律也の膝のうえに乗ってきて、「まあ元気をだせ」というように見上げながら〈閉じた心話〉で話しかけてくる。

〈落胆するな。母親のことが知りたいなら、またチャンスはあるさ。とりあえず、かわいい

俺でも愛《め》でて心を癒すがいい）

律也は「はいはい」とありがたくアニーの頭をなでさせてもらった。

自惚れ屋で疲れやすくてどうしようもない精霊だけど、こういうところはちょっと可愛い。これで怠《なま》け癖がなくて、呼んだらすぐ出てきてくれればいうことはないのだが。

「律也くん、あきらめてしまうのかい？　アドリアンの城なんて面白そうじゃないか。国枝櫂におねだりしたらいいのに」

「このあいだの事件もあったし、またなにか起こると困るから、そんなこといいだせる雰囲気じゃないですよ。レイなんかは招待状を紙飛行機にしてるみたいだし。俺が『行ってみたい』なんていったら、『あなたはご自分の立場がわかってるんですか』って説教されるに決まってる」

東條が「紙飛行機？」と首をかしげる隣で、慎司が表情を厳しくする。

「アドリアンて……〈ルクスリア〉の長だろう？　このあいだまで境界線付近で小競り合いしてたっていう。その長が城に遊びにこいっていってるのか？」

「うん。慎ちゃん、よく知ってるね。アドリアンに会ったことあるの？」

「いや、ないよ。でもオオカミ族の街は自由で、あらゆる情報が流れてるから。ヴァンパイアの氏族間の争いとか、氏族のゴシップなんかはよく耳に入ってくるんだ。アドリアンのところはまだ代替わりして数十年ちょっとしか経ってないから、櫂の次に若い長だろう。このあいだの衝突は、櫂に張り合って小競り合いを起こしたっていうのがもっぱらの見方だったが、最近違った話も流れてきてるから、気になってたんだ」

「違った話？」

「りっちゃんにいうほどの内容でもないんだけど。オオカミ族は基本的にヴァンパイアのことを『あいつらは気障ですましてる』とか揶揄するのが習慣になってるから、噂話も下世話になりがちなんだよ。だから話半分に聞いておいてほしい。〈ルクスリア〉の長がやたらと櫂の〈スペルビア〉に突っかかるのは、ほんとうは櫂のことを憎からず思っていて、戦いを挑むのは愛情表現なんだって。なんでも前の長に懸想《けそう》してて、櫂がそっくりだから仲良くなりたいとか。本来、ヴァンパイアはヴァンパイア同士では欲情しないんだが、アドリアンは変わり者なので同族でも平気で、自分好みのお気に入りの側近を侍らせてるとかなんとか。ま、噂だよ。オオカミ族はヴァンパイアのことは面白がって話すんで、どこまでほんとかは知らないが」

「…………」

いや、それヴァンパイアのあいだでも噂どころか限りなく事実に近い情報として流れてるんだけど——と律也は内心唸《うな》る。

慎司が「で、さらに最近は」と話を続けた。

「その愛情表現云々《うんぬん》てのも実は正しくはないって話が流れてる。アドリアンが櫂に近づこうとしてる本来の目的はそんなくだらない理由じゃなくて、七氏族内の力関係を考慮したうえでの策略だっていうんだ。いま人界に多く契約者をもっていて、活発に動いてるのは櫂とアドリアンの氏族だ。ある意味、氏族の現状が似てるから、彼らは衝突も多い。だけど、同時に共通点も多いんだ。七氏族のうちには閉鎖的で、なにをやってるのかわからない氏族もあるらしいからな。だからもしかしたら、アドリアンはいまのうちに櫂たちと共同戦線を張れるようになっておきたいのかもしれない」

先日、レイも似たようなことをいっていたと思い出す。一番親しくて、一番仲が悪い……。

「まったくかかわりがないと、喧嘩にすらならないのですよ」と。

「共同戦線って、なんのために?」

「決まってるだろう。七氏族が対立して、抗争が本格化したときに備えてだ。古い考え方の氏族もいるからな。そういうやつに対抗するときに櫂の力が欲しいんだろうよ。もともと〈スペルビア〉は〈グラ〉って氏族と仲がいいんだ。だから七つのうち、二つはすでに固まってるといってもいい。そこに〈ルクスリア〉が入れば、七つのうち三つ。残りはあとひとつどこか仲間に引き入れれば、七つのうち四つが連携してるから、なにか問題が起こったときに数の上では勝る」

なにやら物騒な話になってきた。先日、櫂の氏族内での事件があったばかりなのに、今度は氏族間の問題ときた。

「どうして？　いままでそれぞれ対立してるとはいえ、決め事があるときなんかはちゃんと七氏族集まったりして、ヴァンパイアは種族として一致団結してきたんだろ？　なんで急にそんな動きになるんだ？」

『――均衡が崩れたからだ。ストッパーが外れた』

律也の問いかけに、アニーが珍しく語り部の石の精霊らしく凛《りん》とした声で答えた。

『櫂の前の長――カインは齢《よわい》千年を超える正真正銘の化け物だった。あまりにも長く生きすぎて、彼は個人としての人格も薄れていた。原始の強力で膨大なエネルギーが、かろうじてあの姿をかたちづくっていた――そんな存在だ。カインは他の氏族を支配するような欲求もなかったからなにもしなかったが、力では圧倒的だった。実質的には彼はずっとヴァンパイアの王だったんだ。誰も手をだせなかったからな。それがいなくなったんだ。代わりに王になろうとする者が出てくるかもしれないのは当然だろう』

夜の種族たちのなかでも旧《ふる》い種族であるヴァンパイア。以前は七氏族をまとめて、〈夜を統《す》べる王〉が君臨していたというが……。

『……ま、ヴァンパイアどもは頭で考えすぎるきらいがあるから、いますぐにどうのこうのというわけじゃない。心配するな。だけど、櫂のところに各氏族から招待状がきてるっていうのは、単に浄化者のおまえを見たいというよりも、それぞれの氏族で腹の内をさぐる目的がある』

重々しい事実を告げておきながら、アニーは長台詞をしゃべったことで疲れたとばかりに「ふああ」とあくびをして、丸くなって目を閉じた。こうなってしまったら、もうろくに話しはしない。「質問は一日ひとつにしてくれ」などとふざけたことをいいだしてまともに答えなくなるのだ。

「いまの話……ほんと？　やっぱりそうなるのかな。実はもうひとつ〈アケディア〉って氏族が執拗《しつよう》に俺と櫂を城に招待しているらしいんだ。やっぱりそれも氏族間の問題が絡んでるんだろうか」

中立的な立場の東條にたずねてみる。東條は「はて」と返事に困ったような顔をした。

「アニーのいうようにいますぐどうこうってことはないと思うけどね。まあ、すぐに抗争がはじまるわけじゃないから、そんなに心配することじゃない。〈アケディア〉は謎が多い氏族だ。〈イラ〉ほどではないが」

レイも、〈アケディア〉と〈イラ〉のふたつは、閉ざされた氏族だといっていた。

「〈アケディア〉は本来、遠見に優れた者や、他の氏族の結界を破れたりする者が多いから、外敵に強い氏族だったんだよ。それがなぜか、三百年ぐらい前から衰退してるんだ。人界にもあまり出てこない氏族になってしまった。理由はわからないが弱体化して、数が減ってるんだ。いまみたいに〈閉ざされた氏族〉になったのは、弱体化してからなんだよ。たぶん他氏族にその原因を知られたくないからだろう。弱点を知られたくないために、さらに閉じこもっている」

「もうひとつの〈イラ〉ってのはどういう氏族なんだ？　このあいだアドリアンが妙なことをいってたんだ。〈イラ〉の長は白い翼をもってるって――ほんとなのか？」

「そういう噂があるだけだ。誰も見たことがない。なにせ〈アケディア〉よりももっと閉ざされた、秘密主義の氏族で、長は滅多に表舞台にでてこないんでね。人前で翼を広げたことがない。〈イラ〉は旧い氏族だ。これは昔のまま、伝統を保っているという意味だ。櫂の氏族とは元はひとつともいわれてるんだけどね。天界から下りてきたときの互いの始祖が双子だとか、分身だとか、なんとかかんとか……。〈イラ〉は興味深い氏族なんで、語りだすときりがない。さわらぬ神にたたりなしだよ。他氏族とは体面を保つための交流以外しないしね。……ところで、律也くん、ちょっとソレをかしてくれるかな」

小声になって頼むからなにかと思えば、東條の指は律也の膝の上で丸まっているアニーをさしていた。

律也はそっとアニーを手渡した。今日の仕事は終わったと思っているアニーは目を閉じて置物のようにされるままになっている。東條も気づかれないように慎重にアニーを抱きとめた。

氏族間がそんなに緊張した状態になっていたなんて……。律也の憂い顔に気づいて、慎司が「大丈夫だよ」と肩を叩いてくる。

「りっちゃん、あまり深く考えるな。心配したってどうにもならない。櫂はきっとアニーがいったような現状も把握してるだろうし、手も打ってるだろう」

「それはわかってるんだけど……」

律也が気がかりなのは、櫂がまた大変なことに巻き込まれて、消耗してしまうのではないかということだった。人間だった頃の櫂は本来、争いごとなど好まない、やさしいひとだった。それが律也を得るために始祖を倒して、これからもずっと闘いのなかに身をおいて……。

『ぎゃあああっ、なんだ、おまえなんだ！』

東條に抱きしめられていることに気づいて、突如、アニーが悲鳴をあげて暴れだした。東條が哀《かな》しそうに顔をゆがめる。

「どうして僕をそんなに嫌うんだ。僕が骨董屋からきみを見つけてきたのに」

『狩人は得体が知れん』

「話し合えばわかるよ。話し合って、努力しよう。そうすればたいていのことは解決する」

『精霊は努力なんてしないっ。己の超感覚に従うのみだっ』

アニーと東條は相性が悪い。このふたり、マイペースなところとか、ちょっと似たもの同士なんだけどな——と律也としては思うが、仲良くしてもらおうと思ってもなかなかうまくいかない。

「りっちゃん、じゃあ俺はこれで。なにかあったら、連絡くれ」

ひとりと一匹が騒ぎだしたので、慎司はそそくさと立ち上がった。「いってらっしゃい」と律也はその背中を見送る。アニーと東條はまだ緊張状態で睨みあっている。

「ほら、アニー。もうやめろ。わかったから、こっちにおいで」

律也が呼ぶと、アニーは喧嘩に負けた子犬のようにキャンキャン吠えながら駆け寄ってくる。

よしよしとアニーを抱きしめながらも、律也の頭のなかは先ほど聞かされた「氏族間の争いがはじまるかもしれない」という事実に占められていた。

櫂がしばらく一緒にいるというから、向こうの世界は安定したものと思っていたのに、事態はそう単純ではないようだった。

そしてもちろんいまは「アドリアンの城へ行ってみたい」などと呑気《のんき》に考えていられる状況ではないのだ。

風呂からあがってくると、櫂の姿がどこにもなかった。

慎司が事務所に寝泊まりするといって出ていってしまったから、今夜は櫂とふたりきりだ。

アニーは苦手な東條に抱きしめられたあと、律也に「おまえは俺の主としての自覚が足りないっ」とさんざん文句をいってすでにペンダントの石のなかに引っ込んでしまっていた。

「櫂……?」

居間に行ってみると、庭に続く硝子戸《ガラス》が開いていた。

薔薇の前に佇《たたず》んでいる櫂が見える。特別な精気を宿す不思議な薔薇たちは、今夜も夜空の星々にも負けないように妖しく咲き誇り、美しい輝きに満ちていた。

櫂ひとりなのに、ほかの誰かの気配がした。違う芳香が残っている。ついさっきまで、櫂以外の何者かがこの庭にきていたことが察せられた。

「……櫂?　誰かきてたの?」

振り返る櫂の手には、白い封筒があった。またもや招待状を届けに他氏族のヴァンパイアが現れていたらしい。

「どこの氏族?」

「〈ルクスリア〉だよ。今夜はアドリアンが直接届けにきたわけではなかったけれど」

律也は浄化者の資料が気になるから、アドリアンの城に行ってみたいなどと口にするつもりはもうなかった。

それよりも櫂が気にかかる。ほんとうに自分のそばにいて、大丈夫なのだろうか。あちらの世界では、なにか大きな動きが起こっているのではないのか。

慎司たちから聞いた話を問い質《ただ》してみようか。どうしようか——と迷っていると、櫂がふっと微笑んだ。

「律——風呂から上がったばかりで外にでてきたら、よくない。もう夜風が冷たいんだから」

肩を抱かれながら部屋に入るように促がされて、律也は「……うん」と素直に従う。甘い笑顔を向けられると、せっかくふたりきりの夜のムードを壊してしまう気がして、どういうタイミングで切りだしたらいいのか躊躇《ためら》った。

二階にあがり、律也の部屋に入ると、櫂は手にしていた招待状をベッドのわきのサイドテーブルに置いた。

アドリアンが櫂に近づこうとしているのは、実は共同戦線をはるためだ——という慎司の話が頭から離れない。

ほんとうにそんなことがあるのか？　俺にいわないだけで、氏族同士の関係がややこしい事態になっていたりするのか。

伴侶なのだから、たとえ律也がなんの役に立たないのだとしても、問題が起こっているのなら話してほしいと思う。以前からそう願っているし、櫂も承知しているはずなのだが、実際には蚊帳《かや》の外に置かれているような気がして複雑だった。

ベッドに並んで腰を下ろすと、櫂がすぐに律也を抱きしめてきた。櫂の体臭である薔薇の香りにつつまれたとき、ふとあることが気になった。

「櫂……翼の具合はどうなの？　またおかしくなったりしてない？」

こんなことをたずねたのには理由がある。実は先日、櫂の翼に異変が起こった。

「大丈夫だよ。律のおかげで、ちゃんと元に戻った」

二週間ほど前、櫂の背中の翼から、まるで鳥の換羽期のように羽根が抜けはじめたのだ。ヴァンパイアの翼は霊的なエネルギーがかたちづくっているので、櫂のエネルギーがいままでとは違うものに変質したため不安定になったのが理由らしかった。

結局、律也が血や気を与えたあと、翼は修復された。元通りに——いや、違う。以前よりも大きく豊かになって、白く輝くような光を増して。

「櫂……あれからどうなってるのか知りたいから、翼を見せて」

「いま?」

櫂は当惑したようだったが、律也が「うん」と頷いたので、「心配性だな」と苦笑しながら立ち上がった。

ほっそりと美しい立ち姿の背後に真っ赤なオーラのような光がたちのぼったと思った次の瞬間、光り輝く白い翼があらわれる。

櫂はもともと絵のように綺麗な男だが、翼ある姿は世界のすべてを超越しているようで神神しくすらあった。

まさにこの世のものではない。もとから完璧すぎる美貌が神秘的な色合いを濃くして、近寄りがたいほどの魅力を放っている。どうしてこんなに疵ひとつない美が、目の前に存在しているんだろう――と不思議に思うほど……。

「――律？　どうした？　リクエストどおりにしたのに、なにもいってくれないんだな」

「なにもいえないよ。格好良すぎて」

「そんなふうにいってくれるのは律だけだ」

櫂が翼のある姿を律也に見せるのを好きでないことは知っている。いくら格好いいと褒めようとも、昔の姿とはかけ離れてしまっているからだ。

ヴァンパイアの氏族の長と伴侶という関係になっても、櫂は律也とふたりきりのときには、いつまでも昔のままでいたいのかもしれない。覚醒前の人間だった頃の自分と、幼い頃から見守ってきた律也――その関係性を失いたくないのだ。

櫂が夜の種族のことをあまり話さないのは、単に律也をパートナーとして頼りにしてないというよりも、ふたりのときは氏族の長ということを忘れたいという理由もあるのだろう。とはいえ、現実にアドリアンのような他の氏族のヴァンパイアが目の前に現れると、気になることも多いわけで……。

「でもよかった、あれから羽根が抜け落ちたりはしてないんだね」

「おかげさまで」

櫂は背中の翼を消すと、再び律也の隣に腰をかけて抱き寄せてきた。

「なにかいいたげにしてると思ったら、翼のことが気になってたのか？　もう大丈夫だよ」

「うん……」

言葉に詰まる律也を前にして、櫂は苦笑した。

「まだほかにあるのか?」

アドリアン、そして他の氏族との関係はいったいどうなっているのか――。

慎司から氏族間の緊張が高まっている噂を聞いたというと、最近歩みよっているとはいえ、「慎司を頼りにしてるのか」と櫂が気分を悪くするかもしれないので、律也はどう伝えるべきか迷った。

いいよどんでいる律也を見て、櫂がためいきをつく。

「きみがなにを考えているのか、あててみせようか」

テーブルの上に置いていた招待状を手にすると、櫂は封筒の端を唇につけるようにして微笑む。

「律は――アドリアンの城に行きたいんだろう。このあいだアドリアンが思わせぶりなことをいっていたから、浄化者の資料が見たい。でも、俺が『絶対に行かせない』って以前にいったから、興味があっても口にだせない。困らせると思ってるから。そうだろう?」

「そのとおりだけど……それはもういいんだ。浄化者の資料が気になったのはほんとだけど、わざわざぶら下げられた餌に食いつく必要もないってわかってる。俺がいいたかったのは、その……」

招待状を送ってくる氏族たちはどんな思惑をもっているのか、ヴァンパイアたちの実情を知りたいのだ。そういおうとしたところ、耀が思いがけないことを訊いてきた。

「行きたくないのか？　せっかく招待を受けようかと考えていたのに」

「——え？」

律也はまじまじと耀を見つめた。

「行けるの？」

「このあいだアドリアンが浄化者の話をしたときの、きみの顔を見てからずっと考えていたんだ。あの場ではアドリアンをはねつけたけれど、律がお母さんのことを知りたい気持ちはよくわかる。もしかしたらたいしたことはわからないとしても、ひょっとしたらと考えてしまうのは当然だ。律は俺の伴侶なのに——俺にできることなら、可能な限りその望みを叶《かな》えないわけにはいかない」

アドリアンの城に行ける？

一瞬喜びかけたものの、自分のために耀は無理をしているのではないだろうか。律也はあわててかぶりを振った。

「でも、危険かもしれないし、またなにかトラブルがあるかもしれないだろ？　耀を危機にさらすようだったら、俺は……」

「大丈夫だ。もし危険な状態だと判断してたら、さすがに反対する。だから心配しなくてもいい。きみは行きたいのか、行きたくないのか」

「行きたいけど……」

「じゃあ決まりだ」

律也がなにかをいおうとすると、櫂は「しっ」と唇に人さし指をあててみせる。

妖艶な笑みのまま、櫂は律也を抱き寄せてキスをした。体臭である薔薇の香りが濃厚になる。

「ん……」

合わせた唇から、生きもののように舌が入り込んできて、甘い蜜《みつ》とともに律也の口腔を思う存分に犯した。

「あ……んっ……」

唇を離されたときには、律也はすっかりのぼせて、ぐったりとなっていた。

櫂の目がほのかに赤く光った。腕を伸ばし、なにもない空間をなでるような動作をする。

一瞬、周囲がぐにゃりとゆがんだように錯覚する。一見先ほどとなにも変わりがないが、ヴァンパイアの結界が張られたのがわかった。

どうして結界を……？

「これでほかには聞こえないから」

櫂は律也の顔をあらためてまっすぐに見つめた。夜の種族には目や耳がいいものが多いから、誰にも聞かれない場所で大切なことを告げようとしているのだ。

「律にはちゃんと話しておこう。また『燿は俺に事情を話してくれない』と怒られると困るから。怖がらせるといけないと思って、なにも話さないでいると律が不安になるだけだと前回の事件でも思い知らされたからな。きみは俺の伴侶だ。俺のことは一番に律に知る権利がある」

「ほかに聞かれたら、困ること？」

「そうだな。まだなにが決まったというわけでもないけど、きみには伝えておくよ」

律也がいささか緊張しながら「うん」と姿勢を正して頷くと、燿はおかしそうに小さく笑った。

「まず最初に——アドリアンの城に行くことを決めた理由は、さっき告げたとおりにきみのためだ。浄化者のことを知りたいっていう気持ちに応えたいから。だけど、先日の反対勢力の陰謀事件のようなことがあるから、もしも危険があるようだったら、他氏族の城に行くなんてことは承知しないんだ。でも、いまはアドリアンとの距離を詰めることは氏族としては悪い判断ではないから」

「アドリアンも……燿の氏族と仲良くしたいって思ってるから？」

「そういう噂もでているらしいな。氏族間の動向に目を光らせている連中は多いから、あれこれいうんだろう。だけど、〈ルクスリア〉がどう思おうと、いまのところは表立ってこちらからどうこうする意志はない」

「氏族間の連携とか抗争とか……あるのか？」

「騒がれているのは知ってる。どこかの氏族がなんらかの思惑で、噂を流してるんだろう。噂どおりにこちらとアドリアンの氏族が近づいたら、ほかに連携を図る氏族が出てくるかもしれない。下手な動きを誘発しないためにも、こちらはあくまで招待を受けるかたちだ。表向きは積極的に行きたいわけじゃない。そうすることで、なにが動きだすのか、見極めたい。アドリアンの城に行くのは、たんに遊びではなくて、外交の面もあるんだ。それを理解してほしい」

氏族の長の伴侶としての役目——重責を任されたようで、律也はごくりと息を呑む。

「——わかった」

「ありがとう、律」

櫂に微笑まれて、律也は胸にじわりと込み上げてくるものを抑えられなかった。

「俺も……ありがとう。櫂がそんなふうにいろいろ話してくれるとは思ってなかったから、すごくうれしい」

「あたりまえだろう。きみは俺とずっと一緒に生きると誓ってくれたんだから」

つねに守られてばかりで——それが少し不満だったけれども、櫂はいつのまにか律也をきちんと対等のパートナーとして認めてくれているのだ。

「アドリアンの城にはいつ行くんだ?」

「いつでも——律が行きたいのなら、今夜からだって」

櫂は招待状の封筒を開いて見せた。なかの手紙は古語のようでなにを書いてあるのかわからなかったが、しばらく見ていると、意味がわかった。

向こうにいくと、異国語や旧い言葉でしゃべられても、まるで自動翻訳機が頭のなかにあるみたいに理解できるのと同じく、これも夜の種族や浄化者に備わっている能力らしい。

「律、封筒と便箋はある? あとペンも。返事を書く」

いわれたものを机からだしてきて差しだすと、櫂はさらさらと便箋に見慣れない文字を綴っていく。招待を受けると返事をしているらしい。

「あと——行く前に、ふたつ条件がある」

「なに?」

「ひとつは、アドリアンの城へいく前に、俺と過ごすために別荘に寄ること。美しい湖沼地帯があるから、律に見せたい。ちょうど旅行に出かけようかという話をしていただろう? ふたりきりでゆっくりしよう」

「もちろんいいけど……」

思いがけない提案に、それって新婚旅行というものだろうか——と律也は頭の片隅でちらりと考えて、すぐにあわてて打ち消した。ヴァンパイアの氏族間の緊張が高まっている時期だと説明されたばかりなのに、なにを浮かれているのか。

「――そうだな、新婚旅行だな」

手紙を封筒に入れながら、いきなり櫂が呟いたので、律也は仰天した。

「櫂、俺の心が読めるのか」

「まさか。でも律の顔にはなんでも書いてあるから。ちょっと赤くなれば、そんなことを考えているのかと」

櫂におかしそうに笑われて、律也はいたたまれなくなった。せっかくパートナーとして扱ってもらっても、これでは間抜けすぎる。

櫂は書き終わった手紙を手に立ち上がり、結界を解くと、部屋の窓を開けた。夜空を見上げて、誰かになにかを話しかけているようだった。

姿は見えないのに、レイの声がどこからともなく響く。

(お返事なら、わたしが届けにまいりますのに)

「おまえをいかせたら、アドリアンを喜ばせるだけだろう。こちらは〈一の者〉を使いにはしない。――フェイ」

しばらくすると、翼のはためく音がして、窓の外に、ひとりのヴァンパイアが現れた。仕える側のヴァンパイアは十三段階の位があって、一番上は〈一の者〉と呼ばれる。あらわれたのは〈一の者〉ではないものの、上位の貴種らしかった。

「これを——封蠟《ふうろう》をほどこしてから、〈ルクスリア〉の長のもとへ」

「かしこまりました」

ヴァンパイアは恭しく手紙をうけとると、すぐに消え去った。

窓を閉めて、櫂は「さて」というように振り返る。

「返事はすぐにアドリアンのもとへ届くだろう」

「ほんとに今夜から行くの？」

あまりにも急展開すぎて、律也は夢でも見ているみたいだった。

「すぐにはアドリアンのところへは行かない。城の前に、湖沼地帯に寄るといっただろう。そして、もうひとつの条件が残ってる」

櫂はベッドに戻ってきて腰かけると、「なに？」ときょとんとしている律也の鼻を指でついた。

「今夜、旅立ってもいいけれど——その前に、きみを抱きたい」

意外な条件に、律也は目を丸くする。

「それはいいけど……でも、別荘に行ったら、どうせふたりで過ごせるんだろう？　向こうにいってから、ゆっくりとだって……」

「それまで待てない」

櫂は悪戯っぽく囁き、律也を抱き寄せると、こめかみから頰《ほお》、首すじへとキスをくりかえす。

濃厚になる薔薇の香り――催淫効果のあるそれが、律也のからだのなかに沁《し》みこんできて、くらくらと眩暈《めまい》がする。

「律……」

ベッドに押し倒されて、押しつけられた櫂の男の部分が硬くなっているのに気づき、律也は頬を赤らめた。

先ほど結界を張る前にカモフラージュでキスされたと思っていたが、どうやら櫂はあのときからひそかに興奮していたらしい。

普段は昔と変わらないように見せているが、櫂はヴァンパイアなのだ。その欲望は人間のそれよりも深く、激しく、貪欲だ。

櫂は律也に紳士的に接することが多いけれども、本来ならばもっと獣性をあらわにしてもおかしくないのだ。

でも、幼い頃から育てた律也に対して、そういった欲望をぶつけるのは抵抗がある。それでも欲しい――その葛藤が翳りのある色気となっていて、櫂をより魅力的に見せている。

パジャマを脱がされて裸にされると、律也はつねに首にかけている語り部の石のペンダントをあわてて外した。

「待って……櫂。これをしまわないと」

以前、アニーに「一晩中、ヴァンパイアと睦《むつ》みあってただろ」と指摘されて以来、律也はペンダントをタオルにくるんでチェストの引き出しのなかに入れているのだ。

いつもは許してくれるのに、櫂はペンダントをしまおうとする律也の腕をつかんで引き寄せた。

「精霊が見てたって気にすることはない」

「でも……あ」

櫂は「おいで」と律也を抱き寄せて、「だって……」と反論しようとする唇をキスでふさいだ。

淫靡《いんび》な蜜が入り込んできて、舌から口腔が痺《しび》れ、言葉が失われていく。

櫂は律也の首すじから胸を丁寧にさするように撫《な》で、色の薄い乳首を揉んだ。

「律はいつまでたっても恥ずかしがり屋だ」

甘い果実を食《は》むように乳首を舐め、舌で転がす。ツンとしこったところをさらに吸われ、押しつぶされて、律也は身悶《みもだ》えた。

「見せつけてやればいい」

櫂がいったん顔をあげて、ほら――というように律也の裸体を上から下まで眺めた。唾液で濡れた乳首と、引き締まった腹――さらにその下の薄い茂みのなかであさましく勃《た》ちあがっているものを。

「や……」

香も焚《た》いていないのに、部屋は薔薇の香りですでに満たされていて、すべてを敏感に淫《みだ》らに変えていく。これから櫂がどんなに激しく自分を抱くのか、律也はすでに知っている。

「……櫂は意地悪だ。今夜出かけることができなくなる」

「大丈夫――」

櫂は困ったように笑うと、律也の頬をそっとなでた。

「律が気を失っても、俺が抱いて運んでいくから」

甘い眼差《まなざ》しのなかに激しい情欲が秘められているのが伝わってきて、眩暈がした。ヴァンパイアの色気は即効性の毒だ。

「やっぱり意地悪だ――」

憎まれ口を叩いても、やがて薔薇そのものに抱かれているような感覚に溺《おぼ》れていく。律也は悦《よろこ》びに震えながら、愛しいひとの体温にくるまれた。

Ⅱ　湖沼地帯の別荘にて

薔薇の都から少し離れた北部にある湖沼地帯は原風景の美しさを残している。

樹齢の古い巨木たちに囲まれた森。その向こうに広がる大小さまざまな豊かな湖。緑と水のにおいが混ざりあい、澄んだ空気に溶け込んでいる。鮮やかな景色は、どこから切り取っても一枚の絵画のように完成されていた。

湖から少し離れた小高い土地にはヴァンパイアの上位の貴種たちの館が多く建ち並び、櫂の所有する別荘もそのなかにあった。

目覚めたとき、律也はまず涼やかな風を感じた。家にいるときとは違う自然の空気。

「……ここは？」

寝かされているのは豪奢な寝台だった。一瞬、いつもと同じ自分の部屋かと思ったが、目に映る天井、壁の色から、家ではないと判断した。寝台は自室のものよりも大きく、天蓋《てんがい》がついている。

半分寝ぼけたまま起き上がって、辺りを見回した。広い寝室だった。品のよい調度類が整然と並んでいる。大きな窓が開けられていていて、カーテンを揺らしながら涼しい風が入ってきていた。

「——起きた？　律」

窓の近くに立っていた櫂が、眩しいほどの陽射しを背に受けながら振り返る。

「櫂？　ここは？」

「別荘だよ。いっただろう？」

ほんとうに寝ているあいだに夜の種族たちの世界にやってきて、湖沼地帯の別荘に移動してきたらしい。

眠りに落ちる前——正確には櫂に抱かれて失神する前の出来事を思い出して、律也はかすかに赤くなって櫂を睨んだ。

「……別荘につくまでも楽しみたかった。移動も旅行のうちなんじゃないのか」

「律がよく眠っていたから——」

律也の文句を、櫂はまったく意に介した様子はなく、うっすらと微笑む。

「見てごらん。外はいい天気だから」

むくれたままベッドから起き上がる律也を出迎えたのは、窓から見える雄大な自然だった。

別荘はなだらかな丘陵にあった。青々とした緑の絨毯《じゅうたん》を敷き詰めたような大地の向こうには、背の高い樹木が湖をとりかこんでいて、湖面は空を映した鏡のように澄んでいた。

見渡す限り、緑と青——。空にゆったりと流れている白い雲が彩りを添え、風景をより鮮やかにしていた。明るく降り注ぐ陽光のおかげで、すべてが光のヴェールに覆われている。

「――わ」

窓から身を乗りだして、律也は息を呑む。視界に飛び込んでくる美しい風景を懸命に記憶に刻み込もうとして、脳が興奮しているようにめまぐるしく回転する。

「すごく綺麗だね……」

「よかった。天気がよくて。ここもう少しすると、季節が変わるから。陽気がいいうちに律に見てもらいたかったんだ」

「外に出てきてもいい？」

「――朝食を用意してるから、少しなら」

律也は寝間着を脱いで着替え、館の外へ出た。先ほど窓から見た絵のような風景のなかに飛び込み、全身に爽《さわ》やかな風を浴びながらその一部となる。

振り返ると、別荘は蜂蜜色の石造りの外壁とシックなこげ茶の屋根をもつ、童話のような可愛らしい雰囲気のある館だった。薔薇の都の城を考えると、別荘といってももっと大きいのかと考えていたが、想像よりもこぢんまりとしていた。庭はあふれんばかりの緑で、ところどころに小さく咲いている花が可憐で愛らしい。

「――律。朝食が冷めてしまう」

櫂が呼びにきたので、律也は別荘のなかに戻った。

ダイニングのテーブルには、すでに朝食が並べられていた。卵料理に、たっぷりのベーコン。パン代わりのスコーンは焼き立てのあつあつだ。

「櫂が作ったのか？」

「ふたりきりじゃないと、なかなか機会がないから」

それはそうだろう。まさか氏族の長が、城の厨房に立ってスコーンを焼くわけにもいかない。子どもの頃は毎日櫂の作ってくれた料理を食べていたが、再会してからは、櫂も慎司とかちあわないようにしているから、家でもキッチンに入ることはほとんどない。

「――美味《おい》しい」

「よかった」

蜂蜜をたっぷりつけて、次から次へとスコーンを頰張る律也を見つめながら、櫂は微笑む。櫂は律也が自分の与えたものを食べているのを見るとき、実にうれしそうな顔をする。手作りお菓子を作ってくれた昔からそうだ。

餌付けされている――と思うが、食い意地の張っている律也は逆らえない。

朝食を順調に腹のなかにおさめながら、こうして櫂に食べさせてもらっているだけでは、幼い頃となにも変わらないのではないかと思い至った。成長の証《あかし》として、律也のほうが手料理を振る舞ったほうがよかったのではないか。これじゃまるで意地汚い子どものまま……。

フォークを握る手の動きが鈍くなったのを見て、櫂は「律？」と首をかしげる。

「耀、今夜は俺が夕食を作るよ」

「どうしたんだ？　急に。うれしいけど」

「耀にやってもらってばかりだから。……その、俺の料理って、父さんや慎ちゃんに食べさせてただけだから、ほんとに食べられればいいだけの粗雑なものしか作れないし、耀にはあんまりもうなにか食べたいっていう食欲もないのかもしれないけど」

「そんなことない。味覚がないわけではないよ。それに、律の作ったものなら、なんでも美味しい」

「ほんとに？」

「ああ。そのあとで、律自身をじっくり食べさせてもらえれば、さらにいうことないけれど」

「――――」

思わずスコーンを喉《のど》につまらせそうになってしまった。耀がおかしそうに笑ったので、反応を見てからかわれたのだと知る。

律也も普通だったら「なにいってるんだよ」とツッコミを入れるのだが、耀を前にしたときは感覚がまともではなくなるので、赤くなって睨むのが精一杯だった。

「からかわないでくれ。耀は意地が悪い」

「からかってはいない。ほんとのことだ。俺はいつでも律が欲しいから。……きみが想像してるよりも、ずっと。俺が頭のなかでなにを考えているか知ったら、律は俺を嫌いになるかもしれない」

「そんなわけない。嫌うわけがないだろ」

「――じゃあ今度、少しずつ教えてあげる」

甘く含みがあるような微笑みを見せられると、律也はなにもいえなくなってうつむくしかない。駄目だ、また乙女化しそうになってきている……。でも、新婚旅行なんだから、こういう甘さもアリなのかもしれない。

「――律。食べ終わったら、湖を見に行こう。いまはもう暗くなるのが早い季節だから、あまり時間がない」

魅惑的な誘いに、律也は残りの朝食を急いでたいらげた。

別荘から一番近い湖のほとりをふたりで散策する。陽射しに比べて、水面を渡ってくる風は涼やかだった。近くで見ると、あらためて息を呑むほど美しい風景だった。

対岸のゆるやかな山なみが湖面に映っている。律也がいるこちら側は陽光に満ちているのに、湖の向こう側の森は靄《もや》がかかったように薄暗い。不思議で、神秘的な光景だった。

「向こう側は水に棲《す》むものたちの領域だから」

櫂の説明に、律也はきょとんと目を瞠《みは》る。

「水に棲むもの？」

「ここにはたくさんの湖や池が点在していて、あの森の向こうにも湖がある。そこには、水妖が——人魚がいるんだよ」

「え——」

ぎょっとして水辺を見る律也を、櫂はおかしそうに眺めた。

「時々、境界線を越えて、こちらの湖にくるものもいるから、あまり水辺に近づくと、引きずり込まれてしまうよ」

「嘘だ。またからかわないでくれ」

「さあ——」

水辺から離れる律也を見て、櫂は愉快そうに口許《くちもと》をゆるめて、「おいで」と手を差しだす。からかわれるのは面白くなかったが、律也は素直にその手をとった。

こんな綺麗な風景のなかを櫂と手をつないで歩くのはとても素敵なことに思えたからだ。ふたりきりでゆったりと過ごせる時間はほんとうに珍しい。

一度は離れ離れになってしまったものの、再会して、伴侶となって、「ずっと櫂のそばにいる」という幼い頃からの律也の願いは叶った。

初恋のひとはヴァンパイアで、叔父はオオカミ男で、大学の先輩は狩人で——この数か月で、律也を取り巻く環境は一気に変貌した。レイなどには「律也様は順応性がある」といわれるけれども、めまぐるしく変わりつづける事態に、とまどいを覚えてないといったら嘘になるのだ。このままどこへ行くのか——。

でも、いま自分の手をしっかりと握ってくれている櫂のぬくもりがある限り、どこへでも行けそうな気がする。いいかえれば、律也にはそれしかなかった。

「人魚が棲んでいる湖があるから、あっちは暗いのか？」

「いや、それは関係ない。ちょうど区切りの地点なんだろう。森の向こうはすでに夜の季節になっているから」

「夜の季節……？」

そういえば以前、レイがそんなことをいっていたような気がする。夜の種族たちの世界には、昼の季節と夜の季節がある、と。

「いま立っている場所も、もうすぐ夜の季節になる。だから、昼の時間帯は短い。夜の季節になったら、昼とされている時間でも薄暗くなるから」

「へえ……」

では、文字通りちょうど季節の変わり目を見ているわけか。律也は感心しながら向こう岸の森に目をやった。ますます摩訶不思議な光景だ。

「昼の季節のあいだに、律をこの場所に連れてきたかったんだ。こちら側の世界にきて、最初に綺麗だと思った場所だったから」

立ち止まって湖を見つめながら、櫂は握りしめている律也の手に力を込めた。

「俺がまだ人間に戻れるかもしれないと思っていた頃——よくここにきて考えていたんだ。

森の向こうには人魚が棲んでいるっていっただろう？　人魚姫の話だと、魔女の力によって彼女は人間になるために声を失う。俺はなにを失えば律ともう一度同じ世界に戻れるんだろうって――なにを失ってもいいから、どこかに願いを叶えてくれる魔女はいないのかって、呪術を行う術師のもとを訪ね歩いた。人間に戻れたら、約束通りにきみを迎えに行ける。そのかすかな望みだけが、俺の支えだった。結局、どこにも魔女はいなかったけれど」

ヴァンパイアの貴種として覚醒して、律也のもとを去ってから、櫂がどんな思いで生きてきたのか――律也はいつも想像するだけで胸がしめつけられる。

「櫂……」

「もう無理なんだとあきらめてからも……当時は律をこちら側に連れてくるつもりなんてなかったのに、この湖沼地帯の風景は見せてやりたいと思った。きっと喜んで目を輝かせるだろうって。希望通りに人間に戻れたら、もうこの場所にこられるわけもないのに、矛盾してるよな。俺はずっと心のどこかで最初から戻れないことは知ってたんだ。でも、きみをあきらめられなかった」

薔薇の都にいるあいだは、長として威厳のある態度を求められるから、櫂はいつも超然としていて、本音を吐露する機会は限られる。こうして律也とふたりきりでいるときにだけ見せてくれる特別な顔がある。

人間だった頃と変わらない櫂。ヴァンパイアになっても、昔と同じように律也を慈《いつく》しんで愛してくれる青年。

櫂の愛情だけを信じて、律也は人間としての時間の流れを捨てたといってもよかった。そしていまこの瞬間、その選択を後悔したことは一度もない。

「……櫂。ここに連れてきてもらってよかった。いまの話を聞くことができて。櫂のそばにいられることが俺はなによりもうれしい」

櫂は少しはにかんだように微笑んで、律也を抱き寄せ、そっと唇を寄せてくる。

「律はいつも俺を喜ばせることをいってくれる——」

薔薇の香りに攫《さら》われるようなキス。いつも思いだすのは、幼い頃から追いかけてきた櫂の背中だ。薔薇の咲く庭で、消えてしまいそうな櫂に、幼い律也は「一緒にいてね」とせがんで、シャツの裾をつかんだ。一度は離れてしまったけれども、もう離さない。

想いをたしかめあうくちづけを交わしているあいだ、青い空からの陽射しを湖面がきらきらと反射し、眩いほどの光がふたりを照らしていた。

櫂が昼の時間帯が短い——といったのは嘘ではなかった。この別荘地ももうすぐ夜の季節になるので、午後の三時過ぎ頃には陽が落ちてしまった。

完全に夜の季節になると、陽が当たるのは朝の時間帯だけで、昼前から薄暗くなるのだという。

どうしてそんな季節があるのか。昼間も暗い時期が続くなんて、みんな精神的につらくならないのだろうか。

律也がその疑問を口にだしたら、櫂は少し驚いた顔を見せた。

「律にはそうなのか」

その返答を聞いて、夜の種族というくらいだから、櫂たちは夜の季節のほうが過ごしやすいのかと気づく。

人界で暮らしている者もいるし、櫂も陽光に輝く湖を好んで見ていたくらいなのだから、昼が嫌いなわけではないのだろうが、薄暗い時期が続いても苦痛と捉えないのは夜の種族ならではの特性なのかもしれない。

暗くなってしまうと、外にいつまでもいるわけにもいかなかったので、律也たちは別荘に戻った。

留守のあいだに、ダイニングのテーブルが片づけられていたことなどから、別荘での滞在は純粋にふたりきりというわけではなさそうだった。おそらく下僕たちは用事をすますときだけ現れて、すぐに館内の奥に消えてしまっているのだろう。

キッチンには豊富な食材がすでに調達済みだった。時間もあることから、律也はビーフシチューを煮込むことにした。失敗もなくて、見栄えのするメニューだからだ。

調理の合間には、櫂と居間でお茶を飲みながら過ごした。櫂はいろいろな話をしてくれた。この土地はヴァンパイアの貴種たちには人気があること、境界線の向こうに棲む人魚が美しい外見にもかかわらずとても獰猛《どうもう》なことや、これから訪れるアドリアンの城の事情など。

「俺の城もそうだけど、〈ルクスリア〉たちの住んでいる土地もすでに夜の季節になっている。この湖沼地帯が一番季節の訪れが遅いんだ」

「じゃあアドリアンの城に行ったら、昼間でも薄暗いってこと？」

「そうなるな。律には慣れるまで時間がかかるかもしれない。俺には覚醒したときから、それがあたりまえのように感じられていたから、さっき律にいわれるまで人間の感覚と違うのを忘れていた」

「夜の季節はどのくらい続くの？」

「さあ……だいたい半年くらいかな。一年ぐらいのこともある。はっきり決まっていないんだ。昼の時間が長くなってきて安定してくると、昼の季節になったんだなと思うくらいで」

「ふうん……」

聞けば聞くほど不思議な世界だった。朝陽が射したあとにすぐ薄暗くなって、夜が長いなんて――。

「やっぱり櫂は夜が好きなの？」

素朴な疑問をぶつけてみたら、なぜか耀の表情がわずかに固まったように見えた。

「好き――というか」

それきり言葉を濁してしまう。困ったように微笑まれたので、律也はそれ以上追及しなかった。耀がヴァンパイアの習性について律也に深く詮索されるのをあまり好まないと知っているからだ。

こういうとき、アニーがいれば「夜の季節ってどういうものなんだ?」と質問できるのに――と考えかけて、「あ!」と思わず叫んだ。あわてて胸もとをさぐる。ペンダントがない。

「耀――語り部の石のペンダントが……いつも首にかけてたのに……」

「ああ、それならちゃんと向こうからもってきて、寝台の脇の棚の引き出しにしまってある。律がいつもしていたみたいに、タオルに何重にもくるんで。とってこようか?」

「――い、いや。いい。いまは……」

なくしたのでなくてよかった――と胸をなでおろしたものの、アニーの反応を考えると気が重かった。タオルにくるんだまま一日放置していたのだから、きっと怒っているだろう。偉大な精霊をなんだと思っているんだと文句をいわれるに違いない。

夕食は自然と早めになった。長時間煮込んだシチューはとろけるように美味しくできて、我ながら満足だった。耀もひとくち食べるなり、「よくできてる」と褒めてくれた。

湖畔の別荘。目に焼きつけた美しい風景。手作りの料理を前に、ふたりで食卓に向かいあう夜――。文句のつけようがないほど完璧で、逆に不安になるくらいだった。

食事後しばらくしてから、浴室に行くと、下僕のヴァンパイアがどこからともなく現れて、湯を運んできてくれた。やはり館内にひとがいたのかと初めて実感した。

湯を浴びてから部屋に行き、寝台に横たわる。寝心地はふかふかで、綺麗にベッドメイクされてあった。

なんだか密度の濃い一日で、興奮状態がやまないような変な気持ちだった。

幸福すぎて、お腹がいっぱいで……でも、欲張りになってしまって、もっと欲しいみたいな感覚。

薔薇の都の城でも、律也の家でも、こんなふうに櫂と長時間ふたりでゆったりと過ごしたことはなかった。

これがいつまで続くのか……。心地よすぎて怖い……。

(――いつまでも続かないぞ、こら)

突如、室内に響き渡る声に、薔薇色にさえ見えていた世界がふっと翳った。現実に引き戻されて、律也は苦い顔で声のする方向――寝台の脇の棚を見つめた。

(俺をいつまで閉じ込めておく気だ。なに忘れたふりしてるんだ。薄情者め)

永遠に忘れたままでいたかったのに――と律也は渋面のまま寝台から立ち上がり、棚の引き出しからタオルにくるまれたペンダントをとりだした。

白い石のなかで炎のような光が、怒り狂うように暴れまくっている。

「ごめん、アニー。閉じ込めたつもりじゃなかった。ほんとに急にこっちの世界にくることになったんだ。昨夜はその……」

（おまえは国枝櫂と乳繰り合ってばかりいただろう。いつもは最中を見られたくないからってタオルでくるむくせに、昨夜は放置したままやりっぱなしで、終わったあとに閉じ込めるってどういうことだ。露出狂か。どうせタオルにくるんだってくるまれなくたって、俺にはなんでも見えるんだぞ。超自然的な存在を舐めるな）

「え……そうなの？」

ということは、どんなに厳重にペンダントをしまいこんでも、アニーが見ようと思えば覗き見は可能なのか。

自分に都合が悪くなったからか、アニーの声が急に小さくなった。

（いや……俺は興味ないから、そんなつまらないもの、わざわざ見やしないけどな。だから気にするな。それよりもおまえが俺を放っておいたってことが重要だ。主のくせに）

「アニーだって、俺が呼んでもろくに出てきてくれないじゃないか」

（俺はいいんだ。偉大な精霊なんだから。だいたいおまえは俺がいなくても、ほかにたくさん遊び相手がいるじゃないか。国枝櫂も慎司も、あの物騒なレイだって、とぼけた狩人だって……みんなおまえについてるんだから、俺なんかいなくてもいいだろう）

「…………」

なんだかまるで拗《す》ねているように聞こえたので、律也は目をぱちくりとさせてペンダントの石を見つめる。

最近、呼んでも現れないし、出てきてもわざとらしく律也よりも慎司になついたりして、態度が良くないと思っていたが、ひょっとしてヤキモチでもやいてるのか。

（かつて俺と一緒にいた浄化者は、みんなこぞって俺を大事にしたもんだぞ。幾多の冒険と苦難をともに乗り越え、そのたびに絆を深めて……なのに、俺をタオルにくるんでほっとくなんておまえは罰当たりだ）

「アニー……ごめん。気を悪くしたなら、謝るよ。アニーがいなくてもいいなんて思ってない。頼りにしてるんだから」

律也は子狼姿のアニーの頭をなでるのと同じように、ペンダントの石を指の腹でちょいちょいとなでてやった。

（ごまかされるか。湖に遊びに行くのに、俺を連れていかなかった。許しがたい。もっと丁寧になでろ。かわいがれ）

「だって、そんなふうにいつまでも石のなかにいたら、どこにも連れていけないじゃないか。なでてやることもできないし」

（――仕方ないな）

しぶしぶといった声が聞こえたあと、石が急に熱くなった。

赤い光が表面からあふれだして、その場に長細い光の柱を作りだす。

次の瞬間、律也は人型になって現れたアニーに飛びかかられて、寝台に倒れ込んだ。

「――なでろ。早く」

人型のアニーは、燃え立つような赤い巻毛をもつ美貌の青年だ。この姿でいつものように甘えられると困惑してしまうのだが、「なでろなでろ」と催促する様子は子狼姿のときとまったく変わらない。

「……ちょっとやりにくんだけど」

「なんでだ？　サービスのつもりで、美しい姿を披露してやったのに」

人型で現れてほしいときは子狼で現れたり、子狼で出てきてほしいときは人型で出てきたり……きみの判断基準がわからないよ、アニー――と律也は心の底で唸った。

それでもこれ以上拗ねられたらたまらないので、赤毛の青年の頭を「よしよし」というようになでてやる。

律也に頭をなでられるたびに、アニーは満足そうな表情を浮かべて、ぎゅうっとしがみついてくる。尻尾があったら、ぶんぶん振っていそうな勢いだ。

しばらくすると、アニーは気が晴れたらしく、「よし、まあいいだろう」とえらそうにいいながら身を離した。

「アドリアンの城に行くことになったんだな。なんだかいやな予感がするが」

「精霊は予知能力もあるのか?」

「浄化者のほうが、そういう能力はあるはずだぞ。おまえは開花が遅いようだが」

「……そう、なのか?」

能力不足を指摘されて、律也はさすがにショックを受けた。そういえば陰謀事件の前にも自分が捕えられているような映像が細切れに頭に浮かんできたことはあるのだ。まさか予知とは思わないので、危機に結びつけて考えられなかっただけで。

「個人差があるからな。おまえの予知能力が強いとは限らないから、気にするな。得意、不得意があるんだ。どちらかというと、おまえの得意分野はそっちでもない気がするから。ヴァンパイアの翼を白くしたことからも……変化系というか、ちょっと特殊な能力だ。それに、いやな予感がするのは、おまえじゃなく俺の個人的な問題だ。なんだか落ち着かない」

「……最近、ご機嫌ななめだったのは、ひょっとしてそれが原因なのか? いやな予感って?」

アニーは少しためらうように黙り込んでから、「さあな」と返事をする。

「……昔のことが浮かんでくるんだ。ずいぶん長いあいだ石のなかにいたせいで意識が定まらなくて、思い出しもしなかったことが、ちらほらと甦《よみがえ》ってくる。おまえに『アニー』と名づけてもらう前の——べつの名前を与えられていたときの記憶だ。だから、いまの俺とは関係ない」

「大丈夫なのか？」

律也の心配そうな顔を見て、アニーは一瞬目を瞠ってから、「ふん」とそっぽを向いた。

「いまさら俺のことを気にかけてる振りしても無駄だぞ。湖に連れていかなかった恨みは一生忘れない」

「明日、連れていくよ。いまはだんだん昼の時間が短くなってるんだって。だから、朝一番に遊びに行こう。すごく綺麗だよ。俺もアニーと一緒に水辺を走り回ったら、どんなに楽しいかなって思ってたんだ」

「…………」

精一杯気を遣って誘いかけたつもりだったが、白けたような顔をされた。「ほんとだよ」と律也がかさねていうと、アニーは「ふ、ふん、いまさら」とそっぽを向いた。

しかし、まんざら悪い気はしなかったらしく「約束だぞ」と呟いてから、ちらりと含みのある目つきを向けてきた。

「……その夜の季節のことだが……おまえは大丈夫なのか？　すでにヴァンパイアたちが住んでいるところは夜の季節になってるぞ」

「ああ、櫂の城もアドリアンの城もそうだっていってた。この湖沼地帯は遅いほうなんだって。だから、まだ明日は遊ぶ時間ぐらいあると思うよ。今日も三時ぐらいまでは明るかったし」

「そういう意味じゃない。おまえが明日、俺と一緒に外を走り回れるくらいの元気が残ってるかってことだ」

「どういう意味？」

アニーはじっと律也を見つめたかと思うと、不気味ににやりと笑った。

「昨夜、国枝櫂はいつもと少し違っただろう？　おまえにペンダントをしまわせなかった。普段はそんなことしないのに。妙に強引だっただろう？　おまえを失神するまで抱いた」

突然、閨《ねや》での記憶を甦らせられて、律也は赤くなった。

「な……なにいってるんだよ、急に。興味ないからわざわざ見ないっていったくせに」

「昨夜の国枝櫂は、わざわざ『見せつけてやれ』って態度だったからな。変だと思わなかったのか？」

櫂がたまに強引になるのは、まったくないわけではない。ヴァンパイアとしての欲望を抑えきれないときは、律也を甘くしつこく責めたてる。だから、昨夜の出来事もとくに気にしてはいなかったが……。

「なにか意味があるのか？」

「意味はない。ヴァンパイアとして、自然の摂理だ。いくら湖沼地帯に季節の訪れが遅くても、奴らの身体にはすでに夜の季節の影響がではじめているから……」

そこで、アニーはクンクンと犬のように鼻を鳴らし、扉のほうを振り返る。

「――国枝櫂がくるな。修羅場はごめんだから、俺は石のなかに戻る。俺みたいな美青年がおまえのそばにいたら、嫉妬されてしまうからな。美しさは罪だ」

「ちょっと待て。引っ込む前に教えろ。夜の季節とヴァンパイアはなんの関係があるんだ」

「単純に考えればわかるだろう。やつらは夜の種族だ。夜の季節には活動しやすくなる。どういうことか？　ヴァンパイアはひとを魅了する、性的な生き物だ。夜の季節には、さらにお盛んになる。おまえが明日の朝、無事に足腰がたって俺と一緒に湖をお散歩できるかどうか楽しみだな。……おっと、偉大な精霊としては、これ以上下品なことはいえないな」

いや、充分いってるだろう――と律也が突っ込むひまもなく、アニーはすばやく人型から赤い光の塊に変化すると、ペンダントの石のなかに戻った。

「――律」

扉が開いて櫂が部屋に入ってくるのと、律也が顔をひきつらせながらペンダントをぎゅっと手のひらに握りしめるのがほとんど同時だった。

なにか違和感を覚えたのか、寝台に近づいてきながら、櫂が不審げにあたりを見渡す。律也はあわててペンダントをタオルにつつみこんで、元の場所にしまいにいった。

「語り部の石の精霊と話してたのか？」

「そ、そう……」

アニーと話していたと知っても、櫂は特別気にしたふうはなかった。律也が寝台に再び腰かけると、燿もその隣に座る。

「――疲れたか？　準備もなく、いきなりこちらの世界にきたから」

「あ……ううん。そういえば、家を留守にしているとはいえ、慎ちゃんになにもいってこなかった。俺がいなくなったって心配しないかな。大学は一週間や十日ぐらい平気だけど」

哀しいかな、律也が大学に行かなくても、気にするような親しい友人はいない。東條ぐらいだが、彼は律也がアドリアンの城に行くことぐらいは狩人独自の情報網でつかみそうだった。

「一応、慎司には使者を送って連絡はしてある」

「そうなんだ、ありがとう」

さすが気が利く。ほかになにか気になることはなかったかと考えたが、すぐには思いつかなかった。

燿と目が合って、律也はふいに照れくささがこみあげてきて、ごまかすように笑ってみる。いまさらながら、ふたりきりだということを強く意識してしまった。燿は律也の笑顔に応えるように薄く微笑んだだけだった。

やがて、おしゃべりはここまで――と頃合いを見計らったように、部屋全体の灯《あか》りが消された。寝台のそばの薔薇の模様をあしらったガラス製のランプだけがほのかな光を放つ。

燿は律也を抱き寄せてから、からだのこわばりに気づいたらしく、ふと眉根を寄せる。

「――どうした？　なにか緊張しているみたいだ」

「べつに……」

アニーが変なことをいうからだ、と律也は恨めしく思った。夜の季節についてあんな思わせぶりなことをいわれたら、変に意識してしまうではないか。

「律……俺に嘘をついても、すぐにばれる。なにがあった？」

櫂があやすように頭をなでてきたので、とぼけるわけにもいかずに白状した。

「アニーが……その、夜の種族と夜の季節の関係を……」

櫂は「ああ」と察したように呟いてから、困った笑みを見せた。

「それで律は怯《おび》えてるわけだ。俺にいったいなにをされるんだろうって」

「怯えてない。ただ櫂が……ちゃんと話してくれないから」

「俺にいえっていうのか？　きみを普段よりも熱心に欲しがるってことを？　説明されたかった？」

「…………」

思い返せば「櫂は夜が好きなの？」とたずねたとき、妙に含みがあるような反応を見せていたのだ。おそらく返答に窮していたのだろう。律也としても、「いつもよりさらに欲情が激しい」などいわれても反応に困るだけだった。

「律――そんなことといったって、いわなくたって、変わらない。夜の季節とは関係なく、俺はいつだってきみが欲しいんだから。いつもそういってるだろう？」

夜そのものの美しさを集めたような美男にこんなことを真正面からいわれて、平常心を保てる人間がこの世にいるのだろうか。まともに耀の顔を見られなくなって、律也は目をそむけた。

「……そ、その、耀は……からだは平気なのか？　夜の季節のせいで、ほかに体調が悪くなるとか、そういうのは……」

「大丈夫だ。元気すぎるぐらいだけど」

それはどういう意味なのだろう――とつい変なことを想像してしまい、耳もとが熱くなった。

まるで律也の頭のなかを読んだみたいに、耀がおかしそうな笑いを漏らす。くっくっと肩を揺らしながら笑い続けるので、またもやからかわれているのだとわかって、さすがに律也もむっときた。

「俺は真面目《まじめ》に聞いてるのに……その、影響がないのかなって。このあいだ翼の羽根が抜けたりしたこともあったし」

「ごめん、律。でも心配しなくても、俺はいつもと同じだ。夜の季節には、ヴァンパイアは少し気分がよくなるんだ。夜が長いからね。だけど、きみを昼の季節のあいだにこの別荘へ連れてきたかったように、俺は陽射しの明るい風景も好きだ。語り部の石の精霊になにをいわれたか知らないが、そんなに警戒しなくても大丈夫」

「でも、昨夜の櫂は少し強引だった。別荘にきてふたりで過ごせるっていうのに、あっちで気を失うまで抱いたりして。ペンダントをしまわせなかったし」

「きみが欲しくてたまらないときは、俺だって多少は我慢がきかないこともある。いままでもそういうことはあっただろう？」

たしかに……と律也は赤くなりながら頷く。たいてい自分はそういう場面になると、「もう許して」と情けない声をあげてしまうのだが。

「まだ説明が必要？」

櫂が苦笑しながら、律也の頬をなでてくる。

「知りたければ——今夜一晩、俺と過ごせばわかる」

「またそんなことといって……」

「律こそ、焦《じ》らさないでくれ。さっきから、俺はきみにキスしたくてたまらないのに堪えているんだから」

「焦らしてなんかない。ただ……」

律也がいいよどむと、櫂は微笑みながら顔を寄せてくる。

「大丈夫。どんなに焦らしてくれてもいい。夜は長い——」

唇が合わさった瞬間、抱きしめられた体温から、交わりあった舌から、全身を薔薇の香りにつつまれる。

まるで魔法をかけられたみたいだった。焦らすどころか、唇を離された瞬間、律也のほうから、もっと——といつのまにか櫂の腕を引き寄せていた。


「——飲んで」

櫂は細身のナイフで自分の手首を傷つけ、律也に血のしたたる傷口を示した。

その血を体内に摂取する行為は、抱きあう前の儀式のようになっていた。最初のうち、櫂は自分の血を入れることで、律也が変化してしまうのではないかと畏《おそ》れていたようだが、陰謀事件のあと、ふたりで一緒に生きていくのだとあらためて誓ったためか、定期的に飲ませるようになった。

これは伴侶の証。櫂の血を飲み続けるうちに、律也は自らの肉体が夜の種族の世界に慣れて、徐々に変化してきていることを実感する。うまく言葉ではいいあらわせないのだが、自分のなかの知らない部分が目覚めていくというか、新たな力が解放されていくような……。

口をつけると、その血は不思議に甘く、濃厚な薔薇の香りがする。ヴァンパイアである櫂の傷は、しばらくするとふさがってしまう。

唇についた血を指でぬぐうと、燿は律也を寝台にゆっくりと押し倒してきた。

「――律」

燿は律也の寝間着を脱がし、からだの線をたしかめるようにふれてきた。羽根でなでるようなやわらかな手つきなのに、催淫効果によって敏感になっている肌はぞくりと快感を覚える。

「あ……」

胸をなでられて、ぺろりと舌で乳首を舐められた瞬間、強い刺激にからだがビクンと跳ね上がった。

白い胸のなかで色づいている小さなピンク色のそれを、燿は甘い果実を食べるように舐めて、吸って、甘嚙みする。硬くしこった乳首をいじられているうちに、まださわられてもいない下腹のものが反応してしまう。

「や――燿」

いやといっても聞いてくれるはずもなく、燿はさらに律也の乳首を指で揉み、舐める。しつこく胸ばかりいじられているあいだに、律也のものはすっかり勃ちあがって蜜をたらしはじめた。

燿はそれを見てもふれようとはせずに、胸の突起を指の腹で揉みながら、律也の首すじから耳もとへと唇をつける。

ふうっと息を吹き込まれた瞬間に背中が震え、さらに下腹に熱が集中した。

からだを横向きにされて、背中から腰の線をなぞられる。昨夜、さんざん交わった場所を指でさぐられて、ますます前のものが硬くなった。しかし、櫂はやはりふれてくれようとしない。

「櫂……あ……」

律也がすがりつくように訴えると、櫂は目を細めて、あやすように額にくちづけてきた。

「律？　なにをしてほしい？」

わかっているくせに――律也は思わず涙目になって櫂を睨みつけた。

「律のしたいことをしてあげる。どこをどうすればいいのか教えてくれれば」

いうとおりにするのは癪《しゃく》だったので、律也は言葉にする代わりに櫂の手をとって、自らの下腹にもっていった。誘導されるままに「さわって」と口にするのだけは避けたくて、恥ずかしかったが、その手を自分ものにあてて、ぎこちなく動かす。

これには、さすがに櫂も驚いたようだった。しばらく目を瞠っていたが、やがて苦笑しながら、律也の手をおしとどめた。

「律――駄目だ。そんなに色っぽいところを見せて、俺を興奮させないでくれ」

「だって櫂が……」

いいかけた唇を軽くキスで封じ、櫂はようやく下腹に手を伸ばして、律也のそれを刺激してくれた。

先端からあふれる蜜をからめるように指で刺激されて、身悶える。我慢させられていたぶん、強烈な快感が突き抜けていく。

「あ――」

「かわいい律……」

耀がからだを下にずらして、律也の股間に顔をうずめた。薄い草叢《くさむら》を指で梳《す》きながら、中心で硬くなっているものを口に含んで刺激する。

あまりにも強い刺激に、律也は息を乱しながら、耀の頭を押しのけようとした。

「……耀、や……駄目。あ――」

耀は口を離さずに、感じやすい先端に舌を這《は》わせ、吸いあげる。ヴァンパイアの催淫効果のある唾液に濡らされ、敏感な部分が蕩《とろ》けてしまいそうだった。

達しようとするたびに、根元をぎゅっと押さえつけられて、射精の感覚が遠のく。また舐められて、焦らされて――と何度かくりかえされる。

「いや……も……いや」

「律――」

再び涙目になった瞬間、耀がようやく指で先端を強くこすってくれたので、律也は震えながら吐精した。

「――あ……ん……」

強烈な快感にほとんど放心状態になっていると、櫂が飛び散った精液を指ですくって舐めた。浄化者の体液が激しい興奮を与えたらしく、表情がさらに妖しい艶《つや》っぽさを増していく。

櫂は「は……」と息をわずかに乱しながら律也のものを綺麗に舐め、残りの蜜も吸いとり、後ろに再び指を這わせた。

腰を浮かせられて、足を大きく広げられ、交わる部分を指と舌でほぐされる。昨夜、櫂の太い楔《くさび》を打ち込まれていたそこは、舌で濡らされることによって淫靡に収縮した。

「や……もう舐め……ないでくれ。恥ずかし……」

「昨夜もたくさんしたから、こうしないと律がつらくなる。……もうきつくなってるから」

言葉通り、櫂の指を肉が締めつけているのがわかって、律也は頬が火傷《やけど》しそうに熱くなった。

「や――……」

「律……力を抜いて」

充分に指で慣らしてから、薔薇の香油でさらに蕾《つぼみ》を濡らす。丁寧に中をいじられるうちに、先ほど射精したばかりのものが再び反応してきた。

ふと櫂の動きが止まったので、気になって見上げると、そこには制御できない熱に浮かされた欲望の眼差しがあった。櫂は律也の裸体を舐めるように――そのまま目で犯すように見ていた。普段は禁欲的にさえ見える櫂の劣情をあらわにした視線にさらされて、胸の動悸が激しくなる。

「……律……」

ヴァンパイアならではの情欲に支配されて、櫂はどこか苦しそうに――それでいて、彼の表情は魅惑的で妖しい甘さに満ちていた。その美しい黒い瞳に見つめられ、低く麗しい響きの声で名前を呼ばれた者は、絶対に服従せずにはいられないように。

足をかかえあげられて、腰を押しつけられた瞬間、待っていたように受け入れる部分がひくつくのがわかった。この硬い肉が与えてくれる悦びを、もういやというほど知っているから。

「……櫂……あ、や……」

何度も交りあっているというのに、律也のそこは狭くて、櫂の性器を一気に呑み込むことはできなかった。

いつもよりも挿入しにくいのか、櫂が困ったように眉を寄せる。

「律……さっきの夜の季節の話で怖がってるのか。そんなに警戒しなくても、大丈夫だから……俺はいつもと変わらない」

肉体が無意識にこわばっているのだろうか。普段より櫂のそれが逞《たくま》しいせいなのではないか――と考えかけて、目許がさらに朱に染まった。

「怖がってない……けど」

「……何度しても、きみは初めてみたいに震えてる」

そんなことない——と意地になって、律也は櫂の首に腕を回して、自分からしがみつくようにしてみた。

櫂は小さく笑いを漏らすと、たまらないといったふうに唇を吸ってきて、律也の下腹のものを指でしごいてくれる。

ゆっくりと腰をすすめられて、根元まで挿入されたときには、櫂のものでからだのすべてが満たされたような感覚だった。心だけでなく肉体的にも深く繋《つな》がれて、全身が甘く疼《うず》く。先走りの体液が粘膜から沁み込んで、律也の神経を淫らに侵していった。大きなものを呑み込んでいるそこが、悦びに震えて、硬い肉を締めつける。

「律——」

櫂の声が興奮にかすれ、我慢できなくなったように腰を揺さぶってくる。内側を刺激される悦びに、律也は何度もかぶりを振った。

「や……や……櫂」

締めつけが心地いいのか、櫂は荒々しく腰を突き入れる。硬いものでなかの感じやすい部分を擦《こす》られて、律也は再び射精した。

「律……」

櫂の動きが一段と激しくなり、奥深いところが濃厚な体液で濡らされる。

互いに息を荒くしたままくちづけを交わすと、薔薇の匂いが脳を心地よく酔わせていった。

じわじわと櫂の精が体内に沁み込んでくる。ますます律也のからだを熱く火照《ほて》らせるために。

その効き目を待つあいだ、櫂は繋がったままからだを折り曲げて、律也の乳首を嬲《なぶ》った。

突起を揉まれ、食まれるたびに、快感が背すじを走っていく。

「や……痛い……」

「――俺には甘い」

ぺろりとやさしく舐められると、唾液が治癒と催淫の効果を与えるので、ぞくりと甘いものが走り抜ける。

「櫂……駄目……もういじらないでくれ……」

「無理だ。こんなにかわいくて、いやらしいのに」

指でこすられ、「や……」といえば、また舐められて――櫂はいとしげに乳首を食みつづける。されるままになっていると、やがて体内に入ったままの櫂の性器が再び大きく息づいた。

「櫂……もう動かさないで……」

「――……」

許しを請うような、色っぽい眼差しだけで「駄目だ――」と告げられる。逆らえるわけもなく全身の力を抜いて、律也は食われるだけの獲物になるしかなかった。

ぐったりとなった腰をかかえなおすと、櫂はゆっくりと揺さぶりはじめる。肉と蜜がからまって、濡れた淫らな音が響いた。

粘膜に沁み込んだ精が快感をより強くするので、動かされても先ほどのように引き裂かれる感覚はなかった。どんなに突き上げられても、ただ甘く、心地よいだけだった。

首にしがみつく律也の口をキスで封じながら、櫂は肉が馴染《なじ》んでゆくのを愉《たの》しむように、腰を動かす。

律動をくりかえしながら、櫂の目が妖しげに赤く光るのが見えた。その肌はいつもよりも艶やかに白くなり、月の光を浴びたような美しいきらめきを見せる。ヴァンパイア本来の姿――極度の興奮状態になると、隠しきれないのだ。

櫂は再び律也の奥深い場所に欲望の粘液を吐きだしたが、まだふたりをつなぐ楔は硬く大きいままで、汗で密着したからだが溶けあって離れないような錯覚を抱いた。

「律……」

律也を覗き込む櫂の目からはすでに赤い光は消えていたが、表情は艶っぽいままだった。彫像のように端麗な顔が、物憂げな色香を漂わせながら、すぐ目の前にある。こんなに美しい生き物がどうしてこの世にいるのだろうか――と律也は快感の余韻に浸りながら考える。

燿はいったん昂《たかぶ》っているものを抜いたあと、律也を抱き起こし、うつぶせにさせて後ろから首すじに唇を寄せてきた。いままでよりもいっそう薔薇の体臭が濃くなっていた。くらくらと酩酊するような感覚が襲う。

「燿……？」

振り向こうとした瞬間、自分の背中に覆いかぶさってくる燿の口許に白い牙が覗いているのが見えた。

「あ――」

背後から首すじに嚙みつかれて、全身の力が抜けていく。

痛みはほんの一瞬。あとは強烈な麻薬のような快感があるだけだった。血の匂いと薔薇の匂いが交錯し、頭のなかが真紅の花を散らしたように朱に染まる。

燿は律也のやわらかい首すじから血をすすり、傷口を舐めると、また牙をたてて蜜のように吸う。吸血行為自体が、性交と同等の悦楽をもたらすので、律也は四肢を震わせて喘《あえ》ぐしかなかった。

「は……あ……燿……」

血をすすりながら、燿は律也の腰をあげさせると、後ろから受け入れる体勢をとらせた。

血を口にしたせいで、燿の息遣いが荒くなり、さらに欲情しているのが伝わってきた。

怖いのは燿ではなく、さらに肌が敏感になって、軽く喉元から胸をなでられただけで、愉悦を覚える自身のからだだった。交合で濡れた場所に萎《な》えないものを押し当てられて、びくりと震える。

「律――」

あやすような声で囁かれてから、首すじにたてられた牙と同じくらい凶暴で熱いものに下肢をつらぬかれ、律也は甘いうめき声をあげた。


翌日、目が覚めたのは昼近くになってからだった。

瞼《まぶた》を開けて天井を見上げたものの、律也は起き上がる気になれなかった。情交の名残で、指一本でも動かすのがしんどい。

腰にまだ櫂自身が入っているような感覚があって、いま敏感なところをさわられたら、甘い蜜がからだからあふれてしまいそうだった。それがこぼれないようにからだを丸めながら、いましばらく微睡《まどろ》みに浸っていたくて目を閉じる。

(おい、待て。眠るな、この色情狂。散歩はどうした)

突如、眠りを妨げる声が響いて、律也は眉根を寄せながら寝台から身を起こした。声はペンダントをしまってある棚から聞こえてくる。

（もう朝はとっくに過ぎてるぞ。俺と湖のほとりを駆けまわるんじゃないのか）

聞こえないふりをしたかったが、そういうわけにもいかなかった。律也は立ち上がって、棚からタオルにくるんであるペンダントを取りだす。

途端に石から赤い光があふれだし、床にこぼれおちた光は球体となって回転した。そして瞬きをするあいだに赤毛の子狼へと変化し、足元でうるさく跳ねまわる。

「アニー……」

準備万全といったふうに子狼姿のアニーは律也を見上げて、「早く連れていけ」と尻尾を振りながら足をつつく。

今日はデリケートな事情で連れていけないと説明するために、人間の姿で現れてほしかったのに――つくづく期待に反してくれる精霊だった。それともわざとやっているのか。

「ごめん、アニー……今日はちょっと――」

『なに？　精霊との約束を違《たが》えるのか』

律也が力なく寝台に腰をかけると、アニーはいやがらせのように膝の上に乗ってくる。

「意地悪なこというなよ。昨夜の捨て台詞からして、どういう事情かわかってるんだろう？」

『お盛んだったのか。ひどいことをされたのか。腰が抜けたか』

子狼姿のアニーに「それ、みろ」という顔をされるとむっときたが、いいかえす気力もわいてこない。

「ひどいことなんてされてないけど……ただちょっと――」

起きているのが気怠《けだる》くて、律也は再び寝台に横になる。具合が悪いわけではなかった。ただからだが火照ったままで、疼くような恥ずかしい熱が消えないのだ。

『大丈夫か？　なにされたんだ』

ぐったりとなっている律也の顔をアニーが覗き込んできて、ぺろりと鼻先を舐める。

「見てたんじゃないのか」

『最初は興味深く観察してたこともあったが、毎度毎度じゃ飽きる。おまえらはまぐわってる時間が長すぎるしな』

やっぱり最初は見てたのか……と律也は思ったが、いまさらもう文句をいう気にもならなかった。

頭が強い香水に酔ったみたいにくらくらする。気持ち悪いなら理解できるが、それが心地よくて、ずっと酔っていたいような……。

アニーが鼻をくんくんとひくつかせて、感心したような唸り声をあげる。

『ヴァンパイアの相手を惑わす匂いはすごいな。残り香でもフェロモン全開か。夜の季節だから、相当濃いな』

「櫂はいつもと変わらないっていったのに」

『本人は相手を惑わしてる自覚はないんだ。国枝櫂みたいなのはとくに罪作りだ。あいつは愛らしいオオカミ姿の俺を見るときだって、無自覚にフェロモン垂れ流しだぞ。俺ほど高潔な精神をもっていなければ、惑わされて理性が危ないところだ』

「え、嘘だろう?」

耀がアニーに色目を使っているところなど見たことはなかった。にわかには信じがたかったが、アニーは「ほんとうだ」とやけに自信ありげに答える。

律也が起き上がって、まさかこんな毛むくじゃらな物体にも色目を? と首をかしげながらアニーをまじまじと見つめていたとき――。

「律――? 起きてたのか。もう昼過ぎだけど、食事はどうする? ここにもってこようか」

部屋の扉が開き、耀が入ってきた。寝台の律也を見て微笑む。なんとも間が悪くて、律也は複雑な思いで耀とアニーの顔を見比べた。

「どうした? おなかはすいてないのか」

「うん……」

耀は瞬きをくりかえしながら寝台に近づいてきて、律也の隣にちょこんと腰を下ろして尻尾を振っているアニーに目を移した。

「語り部の石の精霊――ちょっと席を外してくれないか」

そういえば、ほかのみんなはアニーをペット扱いするが(子狼姿だから無理もないが)、耀はいつも「アニー」とは気軽に呼ばないな――と律也はあらためて気づいた。

耀がアニーに向ける眼差しは、通常ひとを見るときと変わらず、甘い翳りに満ちている。この魅力的な瞳で見つめられて低く囁くような深みのある声で話しかけられたら、人間の女性などは一発で落ちてしまうに違いなかった。

その証拠に、アニーもペットのように粗雑に「あっちにいけ」といわれたら、キャンキャン吠えて反抗するのだろうが、耀に静かに頼まれると、いつになくおとなしく寝台から下りた。

「ありがとう、律の守り神」

お礼をいわれて、偉大な精霊として精一杯威厳をもって振る舞おうとしていることが、立ち去るアニーの丸い後ろ姿から感じとれた。

扉から出ていくとき、アニーはこちらを一度振り返って、律也に〈閉じた心話〉でこう伝えてきた。

（――ほら、見ろ。やっぱりやつはタラシだ）

扉がしまるのを見届けてから、律也は軽い頭痛を覚えながら眉間《みけん》に皺《しわ》をよせた。

「アニーにずいぶん丁寧なんだね」

「偉大な精霊だから」

「……この前の夜は――ペンダントをしまわせなかったくせに。その偉大な精霊相手に、『見せつけてやれ』って」

「精霊なら、超越した意識をもっているから、あんなことは気にしない。石から姿を現しているときならともかく。もし語り部の石の精霊が石のなかにいるときも外界に興味をもってるとしたら、それは律が彼を人間のように扱ってるからだ」

「え……そ、そうなの？」

「彼らは鏡のようなものだから。与えられるエナジーによって、環境によって、名前によって、注がれる感情によって、姿を変える。子狼の姿をとるのは、最初に目覚めたのがオオカミ族の街だった名残だろうが……ずっと獣の子どものように振る舞うのは珍しい。みんなからペットのように扱われても、あの姿を変えないってことは、本人がそれに満足してるんだろう。語り部の石の精は、精霊にしては珍しくよくしゃべるから語り部といわれるんだが、それでもあれだけ浄化者や周囲に馴染んでいるのは珍しいケースだ。俺ですら、時々、彼が精霊でもなんでもなくて、ほんとにただの子狼に見えることがある」

「………」

そういえば最初に現れたとき、アニーは「俺はおまえたちの鏡だ」といっていた。律也たちがペット扱いしていたら、いずれほんとのペットになってしまうのか？

「俺の扱い方が悪いから、アニーはあんなふうなのか……？」

「いや、精霊とその主の信頼関係は、それぞれだ。あの精霊も主としての律に満足してるから石から現れるんだろうし、単純にあの姿が好きだから子狼になってるんだろう。あの姿できみのそばにいるのを気に入ってるんだ。もうきみが名づけて、きみを主として認めているから、いまさらあの個性は変わりようがない」

「でも、これから気をつければ……立派な精霊になるんだよな？」

「それはもちろん。いまでも立派だ。以前、彼がグリフォンになった姿を見ただろう？　見事だった。俺がさっき『守り神』と呼んだのも、律を守ることを意識に植え付けたいからだ」

なるほど、声をかけるにもちゃんと意味があったのだ。

すっかりペット扱いになってしまっていることに焦りを覚え、再教育しよう――と律也は誓った。アニーを名実ともに偉大な精霊にするのだ。

「律を守ってくれれば、俺は子狼の姿が好きな変わり者の精霊だろうとなんだろうとかまわないんだが……」

櫂が苦笑しながら寝台に腰を下ろしてからだを寄せてきたので、律也はいまさらながら昨夜の記憶が甦ってきて、胸に妙な動悸を覚えた。櫂の匂いをかぐと、いったん薄れていた、からだの奥の火照りが甦る。

薔薇の香り――「いいにおい」といつも抱きついていたけれども……。

わずかに律也が寝台のうえをあとずさったのを櫂は見逃さなかった。

「律――？　どうした？」

「――櫂の嘘つき……」

律也が目許を赤くしながら呟くと、櫂はきょとんとする。

「なにが嘘つき？」

「いつもと変わらないっていった。でも……」

くちごもった律也を前にして、櫂はいいたいことを察したらしくかすかに笑う。

「いつもと変わらないだろう。昨夜のことだったら……俺はきみを何度も朝まで抱いてる」

そのとおりだった。しかし、行為自体はいままでにも激しくされても、翌日まで残る火照りは経験がなかった。

「朝までするのはいいんだ……そうじゃなくて、いまも——なんだか疼くみたいな……最近は櫂がずっと通ってきてくれたから、匂いにも慣れたはずだったじゃないか。いままでは、催淫効果のせいで興奮しすぎて、心臓がおかしくなりそうなこともあったけど。一昨日、こちらにくる前に気を失うまで抱かれても、朝になったらこんな火照りはなかった。それが、今日は——」

「つらくなってる？」

「つらくはないけど……いま、櫂がそばにいると……」

櫂が不思議そうに首をかしげながら、律也の頬に手を伸ばす。ほんの少し指先がふれただけで、律也は真っ赤になって震えた。

櫂と契《ちぎ》ってから、しばらくのあいだは新婚だというのに、陰謀事件のせいで頻繁に寝床をともにすることはなかった。だが、家によく訪れてくれるようになってからは、閨での行為には免疫ができたはずだった。濃厚なセックスのあとは櫂の匂いがいつまでもつきまとっているように感じてとまどうこともあったけれども、最近では平気になっていたのだ。それがまた逆戻りしたように、今朝は敏感になっている。

「夜の季節のせいかな。この地も明日あたりには季節が変わるのかもしれない」

櫂が呟くのを聞いて、律也は憤慨した。

「やっぱり季節の影響があるんじゃないか」

「落ち着いてくれ、律――大丈夫。しばらく一緒にいたら、また慣れる」

「ほんとに？」

櫂は頷くと、「――おいで」と律也を抱き寄せた。ふわりと抱きしめられただけで、心臓が怖いくらいに早鐘《はやがね》を打つのが不安だったが、櫂の表情はさほど心配な様子はなかった。それどころか少しうれしそうに見えるのはなぜなのか。

「櫂……。なんで笑ってるんだ？」

「律がかわいいからだよ。――俺の匂いに酔って、どうしようもなくなってるんだろう？でも、やっぱり律は律のままだ」

「どこが？」

「いつも律は、『パートナーとして、櫂を満足させるんだ』って夜は頑張ってくれてるじゃないか。それなのに……俺にドキドキさせられるのが、なんでそんなにいやなんだ？」

「いやだなんていってない。櫂に満足してもらいたいし、俺だって櫂に抱いてほしいから
——だけど、こんな翌日になっても、からだがドキドキして、いやらしい気分になるなんて
……さすがに一日中ってのは、変じゃないか？」

「いったはずだ。夜の季節になると、夜が長い、って。これからはきみを抱く時間も必然的に長くなるんだから慣れてもらわないと」

「…………」

青ざめる律也を見て、櫂はおかしそうに肩を震わせて笑った。

「やっぱり、律は律だ」

なにがそんなにおかしいのか。馬鹿にされている気がしたが、櫂の腕のなかにいるとどうでもよくなってしまう。ひたすらこの匂いに抱かれていたい。ひとつに交りあいたくなって
……。

櫂は矛盾している。ヴァンパイアの欲望のままに、あんなに激しく律也を抱くくせに——律也がそれに応えるのを望んでいるはずなのに、同時にいつまでも慣れずにとまどいを覚えることに安堵《あんど》しているなんて……。

ヴァンパイアはひとを誘惑し、魅了する能力があるから、律也が決してそれらに惑わされているわけではなく、ひとりの男として櫂自身を好きなのだと確認したいのかもしれない。

わざわざたしかめなくても、律也のすべては櫂のものなのに——と歯がゆくなると同時に、不器用に自分を欲している櫂が、とてもいとおしい。その能力と洗練された美しさがあれば、どんな相手でも好きに思い通りにできるだろうに。

律也の目の前では、櫂は美しく力のあるヴァンパイアというよりも、やはりいつまでもひとりの男でありたいのだ。律也もまた、櫂の前ではそうでありたい。浄化者であることは関係なく——。

「櫂……俺をからかわないでくれ。ほんとにからだがいつもと違うんだから」

いままでもこんなに好きなのに、夜の季節の影響とやらで、これ以上櫂の匂いに興奮してしまったら、どうなるんだろう——律也はこころもとなくなって櫂の腕にもたれかかる。心臓が高鳴り、下腹が疼いて、全身が性感帯になったような——。

「からかってない。律が俺の匂いに慣れるまで、こうして抱いているから」

櫂は律也の顎《あご》をとらえて、キスをしてくる。重ねた唇のあいだから舌が入り込んできて、口腔をかきまわす。

「ん——」

舌を吸われ、蜜を注ぎ込まれて、からだの奥から火がついたように熱くなった。体液を得ればさらに火照るだけなのに、それでもやっと満たされたような感覚に、夢中になって舌をからめながら、「もっと……」とねだった。

唇を合わせながら、もつれあうように寝台へと重なって倒れ込んだ。唇を離されたあと、少しだけ胸の鼓動がゆるやかになっていた。それでも下腹の甘い疼きは消えない。

「律――このまましようか」

窓からはまだ昼の光が差しているというのに、櫂がほのかな情欲に潤んだ眼差しで囁く。

「まだ朝ごはんも食べてない。それに、明るいし……」

律也がとまどいながら答えると、櫂はおかしそうに目を細めた。

「もう昼だ。じゃあ、食事のあとで。その頃にはきっともう薄暗くなってる」


櫂のいうとおり、その日は昼が短くなり、律也が遅い朝食を食べたあと、しばらくして空はすぐに薄暗く翳ってしまった。

季節が変わるとの予測はあたっていて、翌日の昼前には陽が落ちてしまい、湖沼地帯にも完全に夜の季節が訪れた。

朝の太陽が出ているときには外に散策に出かけて、つかの間の美しい光に映しだされる風景を眺め、陽が翳れば館に戻ってくる。暗くなるのが早いので、たしかに夜が長く、櫂とふたりで過ごす時間は濃密になった。

夜に家を訪れるときはもちろん、城に律也が一日中滞在しているときでも、櫂には長としての役目があるから、ずっとそばにいられるわけではなかった。

しかしこの館では誰も邪魔する者がいないので、まるで昔一緒に暮らしていた頃に時間が戻ったかのようだった。もちろんあの頃とは違って、ふたりは肉体的にもつながっている恋人同士なのだけれども、つねにそばにいられるせいでなつかしい日々を思い起こさせた。

夜の季節の影響で交わったあとにも続くからだの倦怠《けんたい》と火照りも、櫂の匂いに慣れたおかげで徐々に消えていった。ただしずっとふたりきりでいて、昼には薄暗くなり、櫂とふれあう時間も長くなっていたから、火照りが残っていてもいなくてもあまり関係なくなっていたが。

「もう駄目だ」――と律也がいっても、櫂はきいてくれず、すぐに律也を抱きしめてきて、甘いキスを浴びせかける。互いの体温を伝えあっているうちに、いつしか薔薇の匂いにつつまれるようにして、からだをつなげる。つねに櫂の逞しい肉が律也のなかにあるような感覚で、終わることのないように交わりつづけた。

悦楽に浸っているときはいいが、ふと我に返ったときには、「新婚旅行ってなんてハードなんだろう……」と律也は考えずにはいられなかった。それでも櫂に美しい笑顔で「律――」と甘く呼びかけられると、その腕にずっと溺れていたくなってしまう。甘いお菓子ばかり食べ続けて、ほかになにを食べていたのか思い出せなくなるような生活。

別荘での滞在中、館の維持管理や、身の回りの世話をしてくれるヴァンパイア以外、ほかの者をまったく見かけなかった。普段なら時おりレイぐらい顔をだしそうなものなのに。外部との接触がまったくないせいもあって、ほんとうに夢の世界で暮らしているみたいだった。周囲の風景が絵のように美しいこともくわえて、現実感が薄れてゆく……。

ぼんやりと夢の国の住人になりかけていた律也の頭を覚ましたのは、やはりアニーの声だった。

『おい、いいかげん朝の散歩に連れていけ。新婚ボケ野郎』

季節が変わってから五日目の朝、子狼姿のアニーに寝ているところを飛びかかられて、律也は「はいはい」と起き上がった。

櫂はすでに寝台にはいなかった。キッチンだろうかと思ってさがしにいったが、姿が見えない。アニーが「早く早く」とせがむので、仕方なく館の外に出た。少しひんやりした空気を感じながら、アニーと並んで湖までの道を歩く。

「アニー、いままでひとりでどこに出かけてたんだ？」

実はこの数日間、アニーは時おり律也が知らないうちに石の外へ出ていたらしいのだ。櫂と抱きあうたびにペンダントは外していたので最初はわからなかったが、ふと気がつくと石のなかの炎のような光が消えていた。数時間すると、石のなかに戻ったらしく光が見えたので、心配せずに放っておいたのだが……。

『この辺りを見て回ってたんだ。ここらへんは湖や池がいっぱいあって、面白いからな』

「俺に声をかけてくれればいいのに。耀と一緒に外に出かけるときにいくら声をかけても、石から出てこないし」

『馬鹿め。おまえは国枝櫂の匂いにやられてるし、「新婚旅行」というものらしいから、ふたりで過ごせるように気をきかせてやったんだ。俺はおまえの「守り神」だしな』

アニーは得意そうに鼻を鳴らしてみせた。なるほど、耀のかけた言葉は早速効果を発揮しているらしい。自尊心をくすぐればいいのか。

『この数日間でおまえも夜の季節の国枝櫂の匂いに慣れて体調が戻ったらしいから、今朝は約束を守らせることにしたんだ。俺と湖のそばを駆けまわるんだろう?』

「アニー、そのことだけど……」

律也も最初はアニーと一緒に駆け回って遊んだら楽しいと思っていた。しかし、ペット扱いしているせいで、精霊としてのアニーが偉大さを失ってしまうのは困る。

『なんだ?』

「アニーといるのは俺も楽しいけど……その、こうやって外で駆け回って遊ぶのはどうかと思うんだ。俺はきみにもっとこの世の神秘の謎や知恵を授けてほしいんだ。きみは偉大な精霊なわけだし」

アニーはいまさらなにをあたりまえのことをいっているんだといいたげに律也を見上げて

くる。

『どうしたんだ？　国枝櫂に可愛がられすぎて、腰が痛くて走れないのか。情けないやつだ。おまえは走らなくてもいいぞ。俺が遊ぶのを見て、心を癒されろ』

「いや、そうじゃなくて――」

律也は身をかがめて、アニーの顔を覗き込むようにした。

「アニー、前から聞いてみたかったんだけど、きみはどうして子狼の姿になるんだ？　その姿にこだわるのは、なにか理由があるんだろう？　それを教えてくれ」

アニーはきょとんとしたように律也を見つめ返した。そして、一言。

『――愛らしいからだ』

一気に脱力して、その場にうずくまる律也のズボンの裾を噛んで、アニーが「ほら、早く行くぞ」と引っぱる。

湖は朝陽が射してきらきら眩しく光っていた。だが、空も昼前には暗くなってしまうので、湖面もそれを映して闇に染まってしまう。いまは貴重な朝の光の時間帯だ。

アニーは湖のほとりを駆けまわりながら、ひどくご機嫌な様子だった。

『気分爽快だな。やっぱり早起きはいいものだ』

犬の子のようにはしゃぐアニーを見て、律也は複雑な気分になった。こいつ、このままだとほんとうにペットになってしまう。

『おい、こっちにきてみろ。いいものを見せてやる』

アニーは尻尾を振りながら律也の足元にやってきて、再びズボンの裾を引っ張る。律也がいやいやついていくと、いつのまにか走りだすので、こちらも追いかけないわけにはいかなくなった。

「おい、待て。アニー」

湖をぐるりと回って対岸に渡り、背の高い樹木が立ち並ぶ森へと入る。アニーは迷うことなく鬱蒼《うっそう》とした木々に囲まれた道を進んでいった。

「アニー、どこ行くんだよ。こんなところに入って、迷ったら……」

『偉大な精霊を舐めるな。湖沼地帯はよく知っている』

「だって、こっちは――」

走っている間に、いつのまにか周囲が暗くなっていた。まだ陽が落ちる時間ではないし、頭上を覆う枝の絡んだ樹木のせいでもなかった。

櫂の言葉を思い出す。「森の向こうはすでに夜の季節になっているから」――こちらはさらに季節が進んでいて、夜が早いのだ。

森を抜けてから、目の前にあらわれた光景に律也は「あ――」と息を呑んだ。

闇色のカーテンをくぐりぬけたあと、空気が完全に変わった。こちらは森の向こうとは比べものにならないほど深い夜の闇に包まれていた。

暗闇のなかで、美しい湖が妖しい碧色《みどりいろ》の光を放っていた。森の向こう側は、人魚が棲む湖。

律也は息を切らしながら、水辺で足を止める。

こんなところにきてしまっていいのだろうか。早く引き返さなければいけないと思うのに、目の前の景色に見惚れて足が動かなかった。

碧色の湖面が波立ち、なにかが泳いでいるのが見える。暗い森の樹木のあいだから、すうっと音もなく人と同じくらいの大きさの蝶々の羽をもつ精霊があらわれて、律也たちの頭上で止まる。

異世界にわたってくるときに現れる〈門番〉とよく似ている精霊だった。硝子玉のような無機質な瞳が律也たちを冷たく見下ろす。薄い羽が透けて、淡く光っていた。

(ここは水妖の地)

抑揚のない声で精霊が告げる。淡々としているのに、周囲の空気が震え、オーロラのような光が現れた。光のカーテンが下りてくるたびに、「ここは水妖の地」と同じ言葉がくりかえし木霊《こだま》のように響く。

(ここは水妖の地)

(ここは水妖……)

「去れ」といわれているように感じたので、律也はとまどいながら足元のアニーを見つめる。

アニーはじっと蝶々の羽の精霊を見上げていた。子狼のからだが光りはじめ、赤い光の球体となる。

それは見る見るうちに大きくなり、律也と同じくらいの背丈になって、人型の青年の姿に変化した。

青年姿のアニーはすっと手を伸ばして、宙を指さす。すると、その指先から光があふれだして、花火のように美しい光を放ちながら、周辺に広がっている光のオーロラのカーテンにぶつかった。次々と光が弾《はじ》けて消えてゆく。

同時に、「ここは水妖の地」という声も聞こえなくなった。

蝶々の精霊は無表情にアニーと見つめあっていた。やがて、ふいに羽をはばたかせて、森のなかへと消えてゆく。

アニーが追い払った——のか？

「どうだ。この湖は綺麗だろう」

アニーは得意げに振り返りながら湖を示す。

「アニー、いまの……」

「ここの〈門番〉だ。人魚を見にきただけだと伝えた」

いまの光のぶつかりあいに、そんなやりとりがあったのかといぶかしみながら、律也はおそるおそる前に進んで湖を見つめる。

「……人魚？」

呟いた瞬間、タイミングを計ったように、湖面がひときわ大きく波立った。水飛沫《みずしぶき》があがり、水色に光る鱗《うろこ》をもつ尾びれが現れる。

「わ――」と律也は驚いて声をあげた。律也が目を輝かせるのを見て、アニーは満足そうに頷く。

「人魚を見たかったんだろう。ここにおまえを連れてくると約束したんだ。境界線の向こうの美しい人魚のいる湖を見せると――」

とつとつと語られるアニーの言葉に、律也は首をかしげた。

律也はアニーに人魚を見たいと伝えたことも、湖を見せてもらうと約束したこともない。一緒に湖のほとりを駆けまわろうと約束したが、少しニュアンスが違う。

アニーも奇妙に思ったのか、ふいに眉をひそめて黙り込んでから、律也を不思議そうに見つめた。

「……いや、違うな。俺はおまえとそんな約束してたか？　なんでここにいるんだ？」

いままで自分がひとりでしゃべっていたのではないか。つれてきておいて勝手な――と律也はあきれる。

「アニーが『いいものを見せてやる』って連れてきたんじゃないか。きみと人魚が見たいって話はしてないよ。櫂が森の向こうの湖には人魚がいるって話してくれたことはあるけど」

「そうか……」

アニーは納得いかないように首をひねったものの、「まあ、いい」とすぐに肩をすくめた。

「どっちにしても、おまえも人魚を見たかっただろう。そうに違いない」

たしかに櫂に話を聞かされたときから興味はあった。しかし、先ほどから湖面を跳ねる尾びれは見えるものの、人魚そのものは姿を現さない。

「人魚は……凶暴なんだろう？　ここにいて大丈夫なのか」

「平気だ。俺は偉大だから、人魚なんて怖く……」

またもやアニーは途中でふっと口をつぐみ、頭が痛いというようにこめかみを押さえた。

「いまと同じような会話を、誰かとしたことがある。『綺麗だけど、人魚は怖いんだろう。きみが俺を守ってくれるのか？』っていわれて――俺は……」

「アニー？」

いやな予感して顔を覗き込むと、アニーはうつむいて息をハアハアと切らしはじめた。

「……しまった。エネルギー切れだ。眩暈がする。少しはしゃいで走り回りすぎた」

「アニー、こんなところで血なんてやれないぞ。見るからに妖しくて物騒じゃないか」

「気だけでいい」

呟くなり、アニーは律也にふらりともたれかかってきた。

「ペンダントに気を……」

アニーが子狼姿のときは抱きつかれようが、顔を舐められようが気にしないが、人型のときに密着されるとさすがにとまどう。

律也は深呼吸してから、自分のからだから青い光がでてくるところをイメージしてみた。自分の浄化者の力の使いかたはいまいちよくわからないが、祖母の手を握って気を与える方法を覚えてから、だいぶ楽になった。

ほどなくして、律也は自分の全身が青い光につつまれているのを知る。抱きついてきたアニーもろとも光の膜につつまれているようだ。胸もとのペンダントにもこの青い清浄な光が吸い込まれていくのを感じる。

あたりが暗かったので、自分自身でも青い光はよく見えた。以前よりもはっきりと濃い青――。力を発しているうちに、意識が澄みきっていくのを感じる。視界が広がっていくような……。

背後の森や、目の前の湖の水面がざわめくのがわかった。青い光の余波が伝わっているのだ。夜の種族たちにとっては魅力的だという浄化者の気の力――。

「……すごいな、おまえの気が濃くなってる。光の浄化が……エナジーが増大してる」

「そうなのか?」

律也は自分の手からあふれでる青い炎のような気を見つめながら、不思議な気分になる。アニーのいうとおり、力がみなぎっているのがわかるのだ。

ふと周囲に目をやると、いままで見えなかったものが見えてくるような感覚がある。

石が気を吸いとったのか、アニーが少し楽になったように息を吐いた。律也のからだから離れる際、ふいにまじまじと顔を見つめてくる。

「……おまえは、綺麗になったな」

「え？」

思いがけないことをいわれて、律也は目を瞠った。

「力が増したせいだな。櫂から血と精をもらっているせいか。だいぶ馴染んできている。夜の季節のおかげだな。顔そのものの良しあしは俺にはわからんが、浄化の気の影響がでてる」

自分では目に見える変化がわからないのでなんとも答えようがなかったが、意識と視界からよぶんなものが取り払われたような感覚はあった。

「アドリアンの城に行って——なにか危険が迫ったとき、俺は対処できるようになるのか？」

「俺がいるだろう。その血と濃い気をもらえれば、なんでもできるぞ。それと、対処というか、すでに櫂が予防策として濃厚な匂いをつけてるじゃないか。『新婚旅行』とやらのおかげで。白い翼をもつヴァンパイアの血と精を、それだけからだのなかに染み込ませていれば、ほかのヴァンパイアはおまえに手出しなんてできないだろう。ここ数日、たっぷり可愛がってもらったんだろう？」

「あ——」

以前、オオカミ族の街に出かけるとき、櫂が事前に自分の匂いをつけるといって、律也を抱いたことを思い出した。今回も、アドリアンの城に行く前にわざわざ別荘に寄ってふたりきりで過ごしたのには、そういう意味もあったのか。「新婚旅行だ」などと櫂と過ごせることを単純に喜んでしまっていたけれども……。

「アニー、戻ろう」

櫂に黙って別荘を出てきてしまったことを思い出して、律也は踵を返そうとした。

「もう戻るのか？　まだ人魚が顔をだしてないだろう」

そういいつつも、アニーはすばやく青年姿から子狼の姿に変化した。走るなら、こちらのほうが燃費がいいのか。

律也がきた道を戻ろうとしたとき、アニーがくんくんと鼻をならして、「ちょっと待て」と背後を見る。

「なんだ？」

『――人魚だ』

つられて振り返ると、湖の岸辺にひどく儚《はかな》げな風情の美しい少年が座っているのが見えた。上半身はつややかな白い肌、そして腰から下には七色の鱗が生えていて尾びれとなっている。薄い色の瞳が輝き、透き通るような白い頬が火照っていた。

先ほど律也が放出した青い気が、湖のなかにも届いていたらしい。人魚はうっとりとした目を律也に向けてきた。

「浄化者よ。神の血を宿すもの――」

かろやかでいて、澄んだ水のように流れていく声だった。

「我らの能力を研ぎ澄ませる純粋なエナジーは久しぶりだ。その麗しくも美しい浄化の力のお礼に、ぜひ差し上げたいものがある」

人魚はこの世の者とは思えない美貌の持ち主だった。不思議な目をしている。一見、水色に見えたそれは、光によって七色に光るのだ。

「お礼？」

「我らは、生命をはぐくむ水に棲む者。陸地に棲む者などよりも、はるかに旧く神秘に通じた魔法を有している。あなたに必要な力を差し上げましょう」

少年の背後に、幾人もの人魚たちが姿を現した。みな同じく透明感のある美貌の持ち主だった。優雅に湖を泳ぎながら、こちらを見ている。

「我らは陸にはあがれぬゆえ、もう少しこちらに近づいてきてもらえますか」

少年人魚に見つめられて、律也はごくりと息を呑んだ。人魚は美しい外見に似合わず凶暴だという。水のなかに獲物を引きずり込んだ途端に豹変する。櫂から教えてもらった人魚の知識だ。

普通ならここで相手にせずに帰るところだったが、そうしてはいけないような気がした。いまの律也にはわかる。目の前の人魚が少なくとも嘘はいっていないことが。

「なにをくれる?」

「あなたに必要なもの。人魚の鱗は万能——」

律也が水辺に近づいていくと、少年の人魚はにっこりと笑いながら腕を伸ばしてきた。その手のひらには、きれいな七色の鱗のようなものが載せられている。辺りは闇なのに、光をあてられた宝石のような輝き……。数は全部で七つあった。

「我を信じた者だけに与えられるもの。七つの鱗、それぞれ七つの効き目をもつ。それを与える者以外には話してはなりません。我がどういう存在かということも」

少年の人魚は七色の鱗を律也の手に握らせた。氷のように冷たく、それでいて火傷しそうに熱い——不思議な感触の手だった。

「ありがとう」

話すなといわれても、その鱗はもちろん、律也にはこの人魚がどういう存在なのかさっぱりわからなかった。とりあえずお礼だけいうと、少年はやさしく微笑んだ。人間離れした美貌なのに、口許に黒子《ほくろ》があるのが妙に印象的だった。色っぽいともいえるが。

気がつくと、手のひらの上の鱗が、いつのまにか薔薇の花びらに変化していた。七枚の花びら。やはり七色に光っている。

「人魚の与えるものに、不思議はつきものです。普段は石のなかにしまっておくといい」

人魚は律也の胸もとのペンダントを示した。足元でアニーが「なんだと?」と吠える。

『それは俺の本体だ』

人魚はやさしい目をしてアニーを見つめた。

「――大丈夫。わたしはあなたと近いものです」

七色の瞳が輝き、慈愛のような眼差しがまっすぐにアニーに注がれた。

『――神意か』

「どうしてこれが必要かは、すぐにわかります」

人魚はそういって律也の手のひらの七色の花びらをふっと吹いた。すると、花びらは宙に浮き、ペンダントの石のなかにすっと消えた。どう考えても先ほどの七枚の花びらが収納されるサイズではないのだが……律也は目を丸くした。

人魚は謎めいた微笑みを残し、水のなかに入り、消えていった。同時にいままで姿を見せていたほかの人魚たちも水底へと沈んでいく。

狐につままれたような気分で、律也はぼんやりとしたまま湖をあとにした。いまのはいったいなんだったんだろう――と考えることすら麻痺《まひ》してしまったようだった。

『おまえは運のいいやつだな』

鬱蒼とした森のなかの道を戻る途中で、アニーが呟いた。それでようやく我に返ることができた。

「さっきの七色の薔薇の花びらだか鱗だかが、なんなのか知ってるのか?」

『知らん。あの人魚は俺が知らないのもわかってたんだろう』

「でも、石のなかに収納されるのを拒まなかったし、『――神意か』とかいったじゃないか」

『そんなことといったか？　俺は超自然的な存在だから、自分でも時々、理解できないことを呟いてしまうのだ。お告げのようなものだな。水に棲むものは、陸とはまた違った法則をもってるからな。俺の知らない魔法もある。人魚のいうとおり、いまの七色の鱗もどきの件は誰にも話さないほうがいいぞ。さっき俺が「運がいい」といったのは、おまえが水のなかに引きずり込まれて八つ裂きにされなかったからだ。善人の人魚で救われたな。というより腹がそんなに減ってなかったんだな、きっと』

ぞっとしないことをいわれて、律也はアニーを睨みつけた。

「なんで近づく前に危険性があるって、教えてくれないんだ」

『おまえだって人魚の知識くらいもってただろう。それでも、あの人魚は大丈夫だと感じたから寄っていったんだろう？　浄化者の判断だ。俺も禍々《まがまが》しいものは感じなかったから、おまえの力を信じてなにもいわなかっただけだ』

「……そうか」

アニーに自分の力を信じてもらえたのが意外で、少し照れくさかった。たしかに浄化者の力とうまくつきあっていくためには、アニーや周囲に守ってもらうだけではなく、こうして自分で考えて判断することも重要なのだ。

それが能力や意識を研ぎ澄ませることにつながる。人間ではなく浄化者としての意識を――。

『でもあの人魚は……普通の人魚じゃない。七色の鱗の人魚なんて初めて見た。俺に近いものだといっていたが、たしかにそんな気配を感じたんだ。なにか懐かしいような……。まあ、おまえは浄化者だから、特別な者が寄ってくるんだろう』

アニーはそう説明してくれながらも、しきりに首をひねっていた。知っている者なのに、どうしても思い出せないというように。

森を抜けて、境界線の向こうの湖に戻ったところで、律也は「あ」と声をあげた。

「律――どこへ行ってた」

櫂があきれた顔をして立っていた。別荘内に律也の姿がないのに気づいて、さがしにきたらしい。

「ごめん……アニーと散歩にきてて。櫂が見つからなかったから」

「ちょうど結界内で話をしてたからな。俺はこの森の向こうには行けないんだ。水妖とヴァンパイアは境界線で不可侵の協定を結んでるから。もう少し帰りが遅かったら、協定を破ってでも探しにいこうと思ってたが……無事ならよかった」

アニーがちらりとなにかいいたげな目を向けてくる。櫂にも七色の鱗のことは黙っておけという意味らしい。

「人魚に会ったよ」

「――人魚に？　近づいたのか？」

「うん……でも大丈夫だった。いい人魚みたいだったから」

櫂は「いい人魚」という言葉に小さく首をかしげながらも微笑んだ。

「……そうか。綺麗だったろう？」

「うん――」

頭ごなしに「危ない真似をして」といわないのは、櫂も以前とは違って律也を信じてくれているからに違いなかった。アドリアンの城に行くのは単に律也のためだけではなく、ほかにも氏族間の動向をさぐる目的があるからだと説明してくれたように。

それなのに、人魚からもらった鱗だか花びらだかのことを話せないのはどこか後ろめたかった。でもこれはアニーのいうとおりに秘密にしておくべきだと感じるから不思議だった。

これが自分のなかの浄化者の感覚なのか。

「早く戻ろう。そろそろ日が暮れる。もう湖沼地帯を離れなければならない。帰ったら、すぐに旅支度だ」

まだ昼前だったが、すでに空は薄暗くなりはじめていた。足早に館へと戻ると、薄墨色に覆われた空の下、別荘の館の前に多くのヴァンパイアたちが立っているのが見えた。

櫂と律也の姿を見つけると、黒マントに身をつつんだ彼らはいっせいに膝をつく。

「律也様、準備が整いましたので、お迎えにまいりました」

レイが律也の前に進みでてきて頭を垂れる。

朝方、櫂の姿が見えなかったのは、おそらく報告にきたレイたちと結界内で打ち合わせをしていたからに違いなかった。

甘い綿菓子を貪《むさぼ》るような休暇が終わったのだと知った。律也が振り返ると、櫂が頷いた。

「律――アドリアンの城に出発しよう」

Ⅲ　アドリアンの城

湖沼地帯を離れると、すでに先に夜の季節に入っていた地域の闇はよりいっそう深くなっていた。

午後の三時過ぎでも灯《あか》りが必要なほど暗い。律也《りつや》たち訪問団の一行がアドリアンの城を訪れたときも、辺りは闇に包まれていた。

夢魔を支配下に置く氏族――〈ルクスリア〉の長、アドリアンの城は、櫂《かい》たちの氏族の薔《ば》薇《ら》の都の城とはまた雰囲気が違っていた。櫂の城が白亜の城といった繊細で美麗なイメージなら、こちらは褐色の石造りで、いくつもの三角錐の尖塔が並んでいて重厚感を醸しだしているのがいかにも中世の城といった風情だった。

今回は一応、非公式な訪問とされているとはいえ、律也たちの同行人数は三十人をくだらない。それは訪問団として表向き公表されている数だけで、おそらく見えないようにもっと多くの配下が城の近くで控えているに違いなかった。あるいはすでに間者として内部にも。

陰謀事件のあと、アドリアンがふらりと従者だけを連れて櫂の城に立ち寄ったことがあった。ああいったケースも珍しくはないらしいが、今回は浄化者の伴侶を連れているので、重重しい態勢になるのは致し方なかった。

非公式といっても、まったくの極秘ではないので、〈スペルビア〉の長とその伴侶がアドリアンの招待を受けて、〈ルクスリア〉の城を訪れたことは夜の種族たちの世界の隅々まで伝わっているはずだった。オオカミ族の街などでは、この一件をもとにしてまた新たな噂が流れていることだろう。

〈ルクスリア〉の領土に足を踏み入れたとき、律也は暗闇のなかで大勢のなにかに見つめられている気配を感じた。それは錯覚ではなく、実際にさまざまな者たちが夜のなかに息づいていたに違いない。遠目がきく者や、独自の結界を張る者、目眩《めくら》ましの術を使う者――耀たちの動向をさぐるために、ほかの氏族――あるいはヴァンパイア以外の種族からもありとあらゆる間者《かんじゃ》が放たれて、この城に監視の目を向けていると推測された。

不穏な空気が流れているのは、城門のなかに入っても感じた。警備のヴァンパイアたちの神経が異様に張りつめているのだ。

城の前では、アドリアンをはじめ、上位の貴種たちが正装して、訪問団一行を出迎えた。ヴァンパイアのなかでもっとも色事に長《た》けているという〈ルクスリア〉の氏族は非常に麗《うるわ》しく艶《つや》っぽい人々だった。

しかし、そうやって出向えの一行があでやかに微笑《ほほえ》む背後で、周囲に控えている警備の者たちはまるで敵でも迎え撃つかのような厳戒態勢なのだ。

律也でさえ、この奇妙な対比に気づいたのだから、耀やレイたちが異変を察しないわけがなかった。

訪問団の一行は厳しい顔でアドリアンたちの歓迎を受けた。

「やあ、耀——律也くん。わが城へようこそ。花のように麗しい顔を拝見できてなによりだ。今日は〈ルクスリア〉と〈スペルビア〉にとって記念すべき日となるだろう。非公式の訪問なのだから、堅苦しい挨拶は抜きにしよう。まずはくつろいで旅の疲れをいやしてくれたまえ」

「お言葉に甘えるとするが、堅苦しくしているのはむしろそちらだろう」

耀が眉をひそめながら周囲の警戒ぶりに目をやり、アドリアンを睨《にら》む。

「すまないね。大切なおふたりを迎えるものだから、みな緊張しているようだ。とりあえず城のなかへ。皆様を部屋に案内しよう。——耀、少しだけ僕に時間をもらえるかな」

一行は城内へと入り、それぞれ滞在する部屋に案内された。耀はアドリアンと別室で話があると連れられていってしまったので、律也はレイと待つことになった。客室の前の廊下はもちろん控えの前室にも警備の者たちが配置される。

さすがに氏族の長と伴侶を泊める客室だけあって、青い下地に金色の唐草模様をちりばめた壁紙、天井のクリスタルのシャンデリア、美しい曲線をもつ猫脚のテーブル、凝った細工の燭台《しょくだい》にいたるまで洗練されていた。寝台の天蓋《てんがい》も深い青の布地が使われ、アクセントとしてところどころ贅沢に使われている金との対比が美しい豪奢な部屋だ。

律也は感心しながら部屋のなかをひととおり見回したあと、ソファに倒れ込むように腰を下ろした。一方、レイは旅の疲れなど微塵《みじん》も感じさせず、クールな表情のまま扉のそばに立って動こうとしない。扉の向こうの前室にいる者たちを警戒しているようだ。

「レイ、なにがあったんだと思う？　この城――」

「我らが到着する前に、不祥事があったようですね。だから警備を強めているんでしょう」

「城でなにか事件が？」

「勝手に事件が起こったのならいいですが……面倒にならないことを祈るばかりです」

レイの浮かない顔を見て、律也は思わず笑いを漏らさずにいられなかった。

「祈るなんて、レイらしくないんだな。きみだったら、祈る前に自分で面倒事をさっさと片づけてしまいそうだけど。そんなところに突っ立ってないで、座ってくれないか。俺も落ち着かなくなる」

レイは少しいやそうに眉をひそめた。

「――律也様は憎らしいことを仰《おっしゃ》るようになりましたね」

「だって、きみはもうただの警護役じゃなくて、俺の友人だから。ここに座って、話し相手になってくれ」

その一言は効いたらしく、レイは扉から離れて、「では――」と律也の向かいのソファに腰を下ろした。

「櫂は大丈夫なんだろうか。アドリアンとふたりきりで」

「それは大丈夫です。内密の話があるのでしょう。このあいだ自分でもいってましたが、一騎打ちになったら、櫂様にアドリアンが敵《かな》うわけがないのです。白い翼の持ち主には、黒い翼のヴァンパイアは敵わない。ましてや櫂様は途中から白い翼に変化した——変り種です。先日、翼が生え変わったあと、ますます力が強くなった」

白い翼——〈イラ〉という氏族の長も白い翼をもっているという噂なのを思い出した。レイも知っているのだろうか。

「レイ、〈イラ〉って氏族のことだけど……その、噂があるんだろう？」

「噂？　ああ、長が白い翼の持ち主だという話ですか？　でも、〈イラ〉の氏族の者以外、誰も見たことがないのですよ」

「信憑性《しんぴょうせい》はない？」

「その噂自体、〈イラ〉がわざと流しているという見方が大半ですが——周囲に対する威嚇というか、牽制です。〈スペルビア〉の前始祖のカイン様が白い翼の持ち主として有名だったので、〈イラ〉がいつからかそれに対抗するようになったのだといわれていました。七氏族の集まりの場にも、代理がでてくるだけで、長は顔を見せたことがありません。どちらにせよ、〈イラ〉は閉ざされた氏族なので、我らとはあまり接触がない」

牽制のために噂を流す――情報操作の可能性もあるわけか。外部と積極的にかかわらない〈閉ざされた氏族〉だからこそ可能なわけだ。

いったい真偽はどうなのか。〈イラ〉と同じ〈閉ざされた氏族〉といわれる〈アケディア〉はなぜ執拗《しつよう》に律也たちを招待したいといってきたのか。

あれこれ考え込んでいると、レイがいつになくまじまじと律也を見つめてきた。

「――律也さまは綺麗《きれい》になられましたね」

唐突に告げられて、律也は目を丸くする。

「アニーにも同じようなことといわれたな。きみたちみたいに人間離れした美形に褒められても、反応に困るんだけど」

「いまは夜の季節なので、我らにはとくに魅力的に扇情的に映ります。こうして向かいあっていると、わたしですらどうしようかと思うくらいに。抑えがきかない者は興奮してしまうでしょうね」

無表情にそんなことをいわれても、どう受け止めていいのかわからない。相手がレイでなかったら、からかわれているのか口説かれているのかと迷ってしまいそうだ。

「レイまでそんなことをいうんだったら、俺はアドリアンの城にこないほうがよかったのか……?」

「大丈夫です。あなたは浄化者なので、ヴァンパイアの幻惑がきかないですから。たとえばアドリアンにうすら寒い褒め言葉をいわれても、まったく惹かれないでしょう？」

「それって普通のことじゃないのか？」

「やつの言葉のセンスはどうかと思いますが――それとは関係なく、〈ルクスリア〉はインキュバスなどといわれる夢魔を配下におく氏族なので、本来、誘惑することには長けているんです。ヴァンパイアはみんなそうですが、そのなかでも特に色香が強いといいますか。アドリアンの匂いを嗅《か》いだだけでも、普通の人間は欲情します」

「へえ……そうなんだ。俺には、とにかく気障《きざ》で、ちょっと面白いひとだとしか思えないけど。ドキドキはしないな」

「律也様は趣味がよろしいです」

アドリアンに対する嫌悪は根深いらしく、レイはすまして答える。

「でも、俺に幻惑がきかないなら……どうして櫂の匂いには反応するんだ？　俺は昔から櫂の体臭を『いいにおい』だって思ってたけど」

「それは律也様が、櫂様をお好きだからでしょう。自ら進んで誘惑されているのです。櫂様がヴァンパイアとして力ずくで惑わしているわけではありません。櫂様はそこを少し信じてないようですが……」

律は律だ――と昔と変わらないことをうれしそうにいうのはそのせいなのかと思い当たる。

「とりあえずいまは櫂様の匂いが全身から漂っていますから、大丈夫でしょう。夜の季節だから、〈ルクスリア〉の連中が邪《よこしま》な考えを抱いたらどうしようかと思いましたが……いまのところ、彼らは律也様を前にしても、まず櫂様の匂いに圧倒されていますから。誰も白い翼の櫂様の印がついたものには畏《おそ》れ多くて手がだせない」

「そんなに匂ってるの……？」

律也は思わず自分の腕を嗅いでしまった。櫂の匂いはわかっても、自分の体臭はまったく感じられないのだが。

「ヴァンパイアには、櫂様に情熱的に愛されていることが一目瞭然ですよ。全身が濃厚にマーキングされているというか。別荘での生活は快適だったようですね。警護役としては、おふたりの夜の生活が順調でなにより――これからも仲睦《むつ》まじくしていただけると、わたしの負担も減るというものです」

そんなにはっきりとわかるものなのか。こうしてプライベートな部分が公に語られることにいまだに慣れなくて、律也は頭をかかえたくなる。レイはすました顔で笑った。

やがて扉がノックされた。「失礼いたします」といいながら、見覚えのあるヴァンパイアが現れた。

はちみつ色の髪と青い瞳――以前、カフェにアドリアンを追って現れた、ルネというヴァンパイアだ。上位の貴種はどこか冷ややかな印象があるものだが、彼は〈一の者〉らしからぬ自信のなさが特徴的だったのでよく覚えている。

「おふたりとも、なにか御不自由な点はないですか。アドリアン様からお世話をするようにいいつかっています」

律也の座っているソファの前まで進みでてきたルネは、相変わらずおどおどしていた。

「大丈夫だよ、ルネ」

律也が声をかけると、ルネは名前を憶えてもらっていたことに感激したらしく、「なんでもお申し付けくださ い」と顔を輝かせた。

やっぱり〈一の者〉らしくない……と考えていたところ、ふわりとルネの匂いが漂ってきて、律也は眉をひそめた。

どうしてだろう。たった一度会っただけだから自信はないが、匂いに微妙な違和感があった。ヴァンパイアの薔薇の体臭はひとりひとり違う。親しいものならともかく、ルネの体臭まで覚えてはいないが、嗅いだ瞬間に心の底がなぜかざわついた。いったいこれはどういうことなのか。

動揺を悟られまいとして、律也は平静を装った。ルネが去ろうとしないので、レイが問いかける。

「ところで、いまの厳戒態勢はどうにかならないのですか。いつまで続くのです。いったいなにが起こって、警備を強めているのですか」

「さあ、わたしにはわかりかねます」

「なぜ、客人を囚人のように扱うのですか。少し物々しすぎるでしょう」

「わたしにはなんとも。お伝えする権限が与えられていないので……」

ルネは困ったように首をかしげる。「お菓子をおもちしましょうか。わたしのおすすめの焼き菓子が……」とわざとらしく話を変えられて、レイの表情が剣呑《けんのん》になった。

「とぼける気か。〈ルクスリア〉は〈スペルビア〉の客人を丁重に扱う気はないということか」

レイが語気を強めると、ルネは怯《おび》えた様子になった。

「あ……扱ってます。こんなに丁寧に扱ってるじゃないですか。ご不興をかったら、またわたしがアドリアン様に怒られてしまいます」

「ならば、理由を話せ。わたしを誰だと思ってる。アドリアン様よりも前に、わたしの怒りを買うのは怖くないのか」

「や、やめてください。レイ殿。そんな……怖い、秘密事項なんですっ」

レイの好戦的な性格は他氏族にも有名らしく、ルネは身を縮ませる。レイが立ち上がり、いまにも牙を剝《む》きそうな勢いだったので、律也はあわてて「やめろ」と腰を浮かした。

レイはしれっとした表情で振り返り、〈閉じた心話〉でこう伝えてくる。

(話を引き出すための芝居ですよ。いくらなんでも、こんなところで他の氏族を襲うわけがないでしょう)

いや、きみはドSだからわからないじゃないか——と律也は思ったが、口をつぐんで座りなおした。

　レイは再びルネに向き直り、迫真の演技で舌なめずりをしてみせる。

「――律也様、お止めにならないでください。この者がとんでもない粗相をして、わたしが始末をしたとアドリアン様には伝えればすむことです」

「いや、止《や》めてください、乱暴はよくないです。いま、きちんとアドリアン様が櫂様には説明しています。まだ極秘なんです」

「どういうことだ」

「ご一行のご到着の前に、城内で他氏族の間者が見つかったんです。おそらく律也様たちのご訪問を見越しての……だから、なにかあったら困るから、警備を強化しているのです。〈ルクスリア〉は〈スペルビア〉を敵に回したいなどと思ってません」

　間者――律也とレイは顔を見合わせた。

「どこの氏族のだ」

　レイが厳しい顔つきになったのは、おそらく櫂たちの氏族もこの〈ルクスリア〉の地に多くの間者を放っているからに違いなかった。

「〈アケディア〉です。〈アケディア〉のヴァンパイアには間違いないのですが……本人は認めていません。間者は〈変異の術〉をほどこしているので……とにかく我らもまだ全容がつかめていないのです。いま、調査中です」

「〈アケディア〉……」

　カフェに招待状を届けにきたヴァンパイアのことを思い出す。〈アケディア〉は遠い距離にある氏族だというのに、なぜか執拗に律也たちに城にきてほしいといっていた。

「わたしにもわかることはそれだけなのです。ほんとうは秘密なのです。順序的には、アドリアン様が櫂様に伝えて、櫂様が承知してから律也様たちには伝えることに……わたしがこんなことをいったことはどうか御内密に」

　ルネがいまにも泣きそうな顔をしていたので、律也はさすがに気の毒になった。

「わかった。内密にしよう。約束する」

「あ、ありがとうございます。〈アケディア〉にはこの事態は知らせてないのですが、やつらは遠見に優れているので、『この城で異変が起こったのを察知した』といってすでに早馬の使者を遣わしてきました。『わが氏族の者なのか確認したい、ご迷惑をかけているのなら、お詫びしたい』と。動きが早すぎて、不気味なやつらです。いまはこちらで間者を調査中であること、客人がきているという理由でことわっていますが……〈アケディア〉は他氏族の結界でもやぶることで有名なので、皆様が驚くような厳戒態勢になっているのです」

　アドリアンに告げ口されないとわかると、ルネはこちらがたずねる以上のことをぺらぺらとしゃべってくれた。

「それでは……またなにか動きがありましたら、お伝えにまいりますので。失礼いたします」

いくらレイに脅されたとはいえ、秘密事項じゃなかったのか？　——といいたかったが、律也はもはや「よろしく頼む」としかえなかった。またそれでルネが嬉《うれ》しそうな顔を見せるのでなお複雑だった。

ルネが出ていってしまったあと、律也とレイは再び顔を見合わせた。レイがためいきをついて肩をすくめる。

「あのルネのことだけは、少しアドリアンに同情しますね」

「あれは……いつものルネか？」

律也は思わず訊《き》いていた。最初に感じた匂いの違和感が気になったが、自信はなかった。ルネの匂いなんて正直覚えていない。でも、どういうわけかまるで別人のように感じられた。

「ルネ以外のなんだというんです？　あんな〈一の者〉はほかに見たことがない」

レイは同じ位のものとして嘆いているようだった。

「それで彼にあんな嚙《か》みつきかたをしたのか？　不甲斐《ふがい》ないから？」

「いいえ、そういうわけではないのですが……わたしはああいうおどおどしたものを見ると、なぜか血が騒ぐのです。抑えようがない」

真性のドSか——と律也は口のなかで呟《つぶや》いたが、レイに「なにか？」と聞き返されて、「なんでもない」とかぶりを振った。

「——〈アケディア〉はなにか企《たくら》んでるんだろうか……」

呟いたとき、胸もとのペンダントの石が熱くなるのを感じて、律也ははっとする。

「アニー?」

律也は服のなかからペンダントを引きだして、石を覗《のぞ》き込んだ。白い石のなかで炎の光が動揺したように点滅していたけれども、アニーの返事は聞こえてこなかった。


あくまで非公式な訪問に加えて、間者が見つかったという騒動のおかげで、その晩、大掛かりな宴《うたげ》などは設けられなかったが、律也にとってはそのほうがありがたかった。

それでもきちんと正装して、櫂にエスコートされての晩餐となった。クリスタルが何層にもつらなってきらめくシャンデリアが眩《まばゆ》いダイニングルームのテーブルの上には、贅を尽くした料理が次から次へと運ばれてくる。

ヴァンパイアにとって美食は必須ではないから、これらは律也のために用意されたといってもよかった。

「このあいだの調停式のあとの宴で、律也くんの食べっぷりは見事だったからね。あれだけ旺盛な食欲を見せてくれるとは――堂々としていて、つい僕も広間の片隅から唖然《あぜん》として見入ってしまったよ。実にすばらしかった」

ヴァンパイアたちが優雅にワインと薔薇の花びらをたしなんでいるそばで、律也ひとりが食べ放題の会場にきたとばかりに皿を大盛りにしていたことを覚えていたらしい。

あのときはこちらの世界に初めてきて、見るものすべてに興奮していたから自分の行動が傍目《はため》にどう映るのか自覚していなかったが、いま考えるととんでもない醜態だった。

「アドリアン様には見苦しいところをお目にかけてしまい、大変失礼いたしました。宴の席は初めてだったので、緊張していて……」

「そんな建前で塗りかためた言葉を口にしないでくれ。きみはいつまでも無邪気な野の花でいてくれていいんだから。櫂に手折《たお》られても、手折られきらずに大地にしぶとく根を張っている感じが実にいい」

どういう比喩《ひゆ》なんだ、嫌味か――と内心思ったが、律也は「いえ、そんな……」と呟くのにとどめた。

以前はアドリアンに食ってかかるようなものいいもできたが、さすがに今回は相手の城を訪れていて、それぞれの氏族の上位の貴種たちの目もあるので、みっともない真似はできなかった。

「アドリアン――あまり律をいじめないでくれないか」

櫂が静かに口を挟むと、アドリアンは「ふふふ」と楽しそうに笑った。

「いいねえ、律也くんは新鮮で。櫂に恥をかかせまいと頑張っている姿が実にそそるよ。僕もかわいい伴侶が欲しくなった」

「――」

　耀は無言のままアドリアンを睨みつけた。ぞっとするような美しい凄味《すごみ》で、見ているほうが心配になった。アドリアンは一歩も引かず、にこやかに笑い返す。ふたりのあいだで見えない火花が散っているようだった。律也は料理を楽しむどころか、胃が痛くなる。

　この晩餐の光景だけ見ていると、城のなかで〈アケディア〉の間者が見つかり、騒ぎになっていることなど忘れてしまいそうだった。おそらく長のふたりはそれを感じさせないように振る舞っているのだ。

　一見のんびりとした時間が流れる背後で、ダイニングルームの外では、いまも多くのヴァンパイアが警備のために控え、地下牢では〈アケディア〉の捕えられた間者が取り調べを受けているのだろう。

　晩餐が始まる前に、律也は耀からおおよその事情を聞かされていた。ほとんどはルネが漏らした情報と同じだった。

　間者が発見されたのは事実だが、〈ルクスリア〉としては、律也たちの今回の訪問を両氏族の友好をあたためる機会として、何事もなかったように終わらせたいらしい。

　だから間者の件で、〈アケディア〉に抗議を入れるとしても、律也たちが帰ったあとにしたいと申し出てきたとのことだった。警備は物々しくなるが、何事もなかったようにくつろいでほしいというわけだ。〈アケディア〉の間者が見つかったのは極秘事項で、ごく上層部しか知らない。警備の厳重さは、表向き櫂と律也を迎えるために念には念を入れているだけだということになっている。櫂たちがくる前に間者が見つかったことは〈ルクスリア〉の城の守りの不備を曝《さら》けだすことだから公にしたくはないのだ。

城内に間者などほかにも潜んでいそうなものだか、今回やけに神経質になっているのは、その間者が〈変異の術〉という高度な術をほどこされて紛れ込んでいたかららしい。普通は目眩ましの術——いわゆる優れた幻覚能力をもつ者が、他氏族のなかで間者として諜報活動をするらしいが、〈変異の術〉はそれとは違って脅威となるらしい。

滞在はあと三日。本来はもう少し長くいるつもりだったが、櫂とアドリアンの話し合いでそう決められた。

なぜ三日かというと、すでに〈アケディア〉から早馬の使者がきてしまっているとはいえ、正式な話し合いの日程ともなれば、こちらの準備が整っていないということでそのぐらいなら延ばせるからだ。

〈ルクスリア〉は櫂たちが無事に帰ったあとに、〈アケディア〉の正式な使者を迎えて、厳正な調査のうえに事実を確認し、間者の処罰なり引き渡しなり、なんらかの取り決めを交わす。もしくは合意に至らなければ、ほかの手段を講じる——という流れにしたいのだ。

外交はややこしい——。

晩餐が終わったあと、サロンに移動して歓談する時間が設けられた。アドリアンが気をきかせてくれたらしく、櫂と律也、レイとルネという少人数のみでソファに座ってくつろぐかたちになった。

食後の飲み物が提供されたあと、いったん給仕の者たちすら部屋から下がるように命じられた。扉が閉められた途端、アドリアンが悩ましげに眉根を寄せる。

「今回はご協力に感謝するよ。まことに申し訳ない。もっと良いかたちで、きみたちを迎えられたらよかったんだが。先ほど櫂には招待を受けてもらったのに不快な思いをさせてすまないと謝罪したが、律也くんにはまだだったね。きみたちがくる前に、徹底的に不穏分子を洗いだしておくべきだった。気を悪くしないでくれ。僕はきみたちがくるのをほんとに楽しみにしてたんだ。快適に過ごしてもらうはずだったのに」

その悔しそうな表情に嘘はなさそうだった。出迎えや晩餐のとき、アドリアンはなにも知らない氏族たちもいる手前、いつもの気障で軽やかな調子だったが、実際はかなりまいっていたらしい。

「今日はもう遅いから、このあとすぐに休んでもらうつもりだが、律也くんのお目当ての浄化者の資料は明日にでも案内しよう。わが氏族には〈知識の塔〉というものがあってね。少しでも興味を満足させてもらうことができたらいいんだが」

「俺のことは気にしなくても大丈夫です。また次の機会にでも」

もし事態が切迫しているのなら、資料の件は後回しにしてもらってもかまわなかった。さすがになにを優先するべきかは、櫂の伴侶としてわかっているつもりだ。

しかし、アドリアンは「とんでもない」と即座にかぶりを振った。

「きみを落胆させたまま、帰せるものか。〈ルクスリア〉の地にきてよかったと思ってもらわなければ」

あくまでもなにもなかったように過ごしてもらうのが希望らしいので、律也は「ありがとうございます」と好意に甘えることにした。

「レイ――きみにもお詫びをしなくては。せっかく僕の城にきてもらったのに、短い滞在ではふたりきりでゆっくり語らう時間はとれそうもない。可憐なきみを今度こそ独り占めできるかと思っていたのに」

レイはぴくりとこめかみをひきつらせたものの、儀礼的に微笑んだ。

「お気遣いなど無用です。わたしもとても残念です、アドリアン様」

「また次の機会に賭けることにするよ、かわいらしいひと」

緊急事態で落ち込んでいるのかと思いきや、アドリアンはレイに対する口説き文句は絶好調のままだった。レイはもう返事もしなかった。

その後、他愛ない会話が続いたが、律也はずっと同席しているルネの表情をちらちらと見ていた。

なにかが引っかかるのだ。でも、まさか他の氏族の城にきて、その長の側近の〈一の者〉に怪しい気配を感じる、とは口にだせない。根拠はなく、勘だけなのだ。

そろそろお開きに——という頃になって、いきなり「失礼します」と扉が開いた。上位の側近の貴種が「アドリアン様」とそばに寄ってくる。

どうやら〈閉じた心話〉でなにかを伝えているらしい。報告を聞いたアドリアンは驚いたように目を見開いた。

「ちょっと失礼——ルネ」

あわてたように立ち上がり、アドリアンはルネをひきつれてサロンを出ていく。

「なにがあったんだろう」

問いかけると、櫂は厳しい表情で扉を睨んだまま、律也の肩を抱いてきた。不測の事態のときにはすぐに守れるようにとでも考えているようだった。

「レイ」

櫂に呼ばれただけで、レイはなにをするべきか悟ったように頷いてサロンを出ていく。おそらく情報収集にいったのだろう。

サロンのなかにいても、外の廊下、そして窓の外がなにやら騒がしいのが伝わってくる。ヴァンパイアたちは普段決して荒々しく動かないので、よけいにそれが目立つ。たくさんのひとが動く気配。戸惑い。多くの者がなにが起こったのかわからないままに動いている。

(――〈アケディア〉の間者が死んだ)

いきなり石のなかからアニーがしゃべりだした。

律也が問いかけると、ペンダントの石から光があふれだして、子狼姿のアニーがあらわれた。どこかうつろな目をしたまま、窓の近くへと駆け寄って、くいっと鼻先で外を示してみせる。

「アニー?」

『〈アケディア〉の長が――くる』

律也は仰天して窓の外を見る。櫂が窓を開けて、バルコニーへと出た。冷たい外気が流れ込むとともに、警備のヴァンパイアたちが右往左往している声が聞こえてきた。

夜の季節の深い闇――天上の月はひっそりと冷たい銀のきらめきを見せていた。

「律」

一緒にバルコニーに出た律也を庇《かば》うようにして、櫂が立ちはだかる。

櫂の肩ごしに、律也は見た。空が割れるのを――何者かが闇を切り裂いて、侵入してくるのを。

これだけの厳戒態勢なのだから物理的にヴァンパイアを配置して警備するだけではなく、アドリアンは能力の優れた上位の貴種を総動員して、城全体を結界で包み込んでいるはずだった。

空に切れ目ができたように見えたのは、結界が破られた証拠だった。

そのとき律也の目に映ったのは、空を駆ける二頭立ての白い馬車だった。宝石をちりばめたような細工をほどこされた壮麗な馬車が、まるで宙を躍るようにして城内へと入り込んでくる。馬車に続いて、ヴァンパイアたちを乗せた馬も次から次へと結界内に空から下りてきた。

あれは精霊の血を引いているという馬か。なんとも優美な動きで空を駆ける。彼らが駆けたあとには、空に流れ星のような光線が残った。

何事だとざわめいている〈ルクスリア〉のヴァンパイアたちを嘲笑《あざわら》うかのように、空を駆ける馬車の一行はゆっくりと旋回しながら城の前の広場に降り立った。

「あれが……〈アケディア〉……長があのなかにいるのか？」

「あの馬車を見る限り、そうだろうな。長以外はあんな派手なものには乗らないだろう」

他氏族の結界でもやぶるという氏族——危惧したとおり、〈ルクスリア〉の結界も破られたようだった。

なぜいま現れるのか。少なくとも正式な話し合いは三日後なのではなかったのか。しかも、どうしてわざわざいきなり長が……？

「嘘だったな」と櫂が呟いた。

「——嘘？」

「おそらく向こうは間者の発覚がわかる前からこの近くに到着して待っていたんだろう」

「どういうこと？」

「間者はわざと捕まったのかもしれない。〈アケディア〉の長が、アドリアンの城を訪ねてくる理由をつくるために。もしかしたら、『ちょうどこの近くに滞在していて、わが氏族の者が関与しているという知らせを受けたので、長のわたしが出向いた……』とでもいうつもりだろう」

しかし、そんな手の込んだことをしたわりには、最後はかなり強引な力技ではないか。どうせなら、アドリアンが正式に受け入れる三日後まで待てばいいのに。

そこまで考えて、〈アケディア〉が何度も律也たちを城に招待していたことを思い出した。三日後には、自分たちがいない。彼らの目的は……。

背中にぞくりとしたものを感じた。察したのか、櫂が律也の肩を抱き寄せる。どんなときでも櫂が守ってくれる——そう思うと、目の前の異様な光景を見ても肩の力を抜くことができた。

アニーがいつのまにかバルコニーの塀の上にちょこんと乗って、広場をじっと見つめていた。

当然のことながら、地上に下りた〈アケディア〉の一行は、あっというまに周囲を取り囲まれたが、馬上のヴァンパイアたちに動じた様子はなかった。

目を凝らすと、〈アケディア〉のヴァンパイアたちのなかに、見知った顔がいるのに気づいた。ナジルだ。カフェで最初に招待状をもってきて、わが主ラルフが律也たちに会いたがっていると伝えてきた男。

ナジルはゆっくりと馬から下りた。警備のヴァンパイアたちが動こうとするのを、「待て」と視線で止める。他氏族とはいえ、ナジルは〈一の者〉だ。血の序列が絶対のヴァンパイアは迂闊《うかつ》には手をださない。

ナジルは悠然と馬車に近づくと、扉を開けた。うやうやしく頭を下げて、手を差しだす。ナジルの手をとって、馬車からゆっくりと下りてくる人物――。

律也は思わず息を呑《の》んだ。これほど大胆かつ強引に結界を破り、天馬の馬車で派手に他氏族の城に乗り込んでくるのだから、〈アケディア〉の長のラルフとは、どんなに豪胆な人物なのだろうと思っていた。

しかし、そんな想像を裏切って、馬車から現れたのは、たおやかな風情の麗人だった。すらりと背が高くて細身で、目を患っているのか、瞳は閉じたままだった。物理的には見えなくても、心の目では見えているのだろう。馬車から下りるときだけ手をそえられたものの、前に進んでくる動きは優雅で姿勢もよく、もたつくところが少しもなかった。

ヴァンパイアの長なので当然のことながら美貌の持ち主だったが、理知的かつ穏やかな面立ちで、猛々《たけだけ》しさは微塵もない。背中に流れるまっすぐな銀色の長い髪が、美しい滝のよう

なきらめきを帯びていた。

「――〈ルクスリア〉の長にお目通りを願いたい」

凛《りん》とした涼やかな声が響く。

ラルフの声を聞いた途端、バルコニーの塀の上に乗っていたアニーが、突如苦しそうに呻《うめ》いて、律也の腕のなかに飛び込んできた。

「アニー？　どうしたんだ？」

『あいつ……あいつは……』

「――アニー？」

問いかけてもアニーはそれ以上なにもいわずに、ふっと意識を失ってしまった。子狼の姿から光の塊になって、律也の胸もとのペンダントのなかに吸い込まれていく。

「櫂様、どうやら〈アケディア〉の間者が自害――もしくは殺害されたようです」

レイが戻ってきて、櫂に報告した。

「地下牢に閉じ込めていたのに、ナイフで心臓を突き刺していました。間者自身の手にナイフが握られていたので、自害か、何者かに殺害されたのか、いま調べているようです。自害だとしても、ナイフを牢屋に入れるために、何者かが侵入したことは間違いないので、城内は大騒ぎです。〈アケディア〉がもう地下牢に入ってきたと……そして、同時に外では――なにが起こったのか、もうご存知ですね」

広場に現れた〈アケディア〉の一行を見やりながら、レイが小さく息をつく。ちょうどアドリアンが〈閉ざされた氏族〉の長に応対するために、広場へと姿を現すところだった。

「もうなにも隠してはおけないな」

耀はいっそう厳しい顔つきになって広場を見下ろした。いったいなにが起ころうとしているのか。さっきアニーがいったとおりに、〈アケディア〉の間者が亡くなっていた……。

律也は慄然《りつぜん》としながら、広場に立つ銀髪の麗人を見つめた。

騒がしい一夜が過ぎた。

律也たちが遅い朝食をとっていると、窓の外はすでに暗くなりはじめた。昼前から陽が完全に落ちてしまうらしい。

朝食後、客室に現れたルネが教えてくれたところによると、どうやらアドリアンは、〈アケディア〉の長を客人としてもてなすことに決めたようだった。

耀が予想したとおり、〈アケディア〉の長ラルフは、「たまたま〈ルクスリア〉の近くにきていたところ、遠見によってこの城でわが氏族の関連した事件が起こっていると察知したので、事情をたしかめにきた」と説明したらしい。

たまたま近くにいたので寄った——にしては派手な結界の破り方だったが、その件に関してはいいわけが用意されていた。〈アケディア〉の一行によれば、「尋常ではない強力な結界が張られていたので、もしやなにか大事が起こって、〈ルクスリア〉が危害にあっているのではないか」と心配して結界内に入ってきたのだという。気が焦って、こちらに確認することを忘れて無我夢中で結界を蹴破った、と——。

見事な屁理屈にも聞こえるが、盲目の麗人であるラルフにすらすらと澱《よど》みのない口調で「何事かと気が気ではなかった」と悩ましげに訴えられると、ほんとうのように聞こえるらしく、「アドリアン様も困っていたようです」——とルネは昨夜の長同士の詳細なやりとりを教えてくれた。

〈ルクスリア〉にしてみれば、敵意をもって侵入されたとするよりも、〈ルクスリア〉を心配したあまり思わず結界を破ってしまった——と解釈するほうが間抜けなようだが遥《はる》かにましなのだ。

キツネと狸《たぬき》の化かし合いのようだったが、とりあえず互いの体面がもつように体裁を取り繕うことで手打ちになったらしく、ラルフはしばらくアドリアンの城に滞在することになった。

なにせ〈アケディア〉の間者がいた――といっても、当の本人はすでに死亡している。死人に口なしで、長との関連性も見えない。〈アケディア〉のヴァンパイアであることは間違いないが、もしかしたら他の目的があって、他氏族に利用されていたかもしれないのだ。ヴァンパイアの氏族への忠誠は強いが、間者に至っては、その仄暗《ほのぐら》い仕事柄のせいか、裏切りは珍しいことではないらしい。

「ただ、〈アケディア〉のラルフ様は、間者が亡くなったことを聞いたとき、ひどく驚かれた顔をなさったんですね。『まさか……』と痛ましそうに顔をゆがめるところが、とても演技とは思えなくて。〈アケディア〉は少なくとも間者が亡くなったことは予想してなかったんだと思いました。口封じのための殺害かと思いましたが、やっぱり自害なんですかね。青い顔をされて、よろめきそうになるラルフ様を見て、アドリアン様はすっかり同情してしまわれて。あの方、綺麗なものがお好きですから、ラルフ様には弱いんです」

ルネはひととおりぺらぺらとしゃべったあと、「ほかになにか御用はございませんか」と律也たちに笑いかけた。

「もう……いいよ。充分だ。ありがとう」

ルネはにこにこしながら客室を出て行った。今朝は櫂も一緒にいたのだが、ルネは自分の氏族の情報を漏らすことに微塵のためらいもないようだった。

扉がしまったあと、櫂は少し困ったように眉根を寄せる。口の軽すぎるアドリアンの側近をどう理解していいのか迷っているのだろう。

「彼には以前から迂闊そうなところはあったが、〈アケディア〉の長が突然やってきたり、捕えてた間者が不審死したり、普段よりも緊張した状態にあるはずなのに、さすがに〈一の者〉があれでは困るだろうな。本来の性格だといってしまえばそれまでだが」

気にかかるのは口の軽さだけではない。

ルネに覚える違和感――律也自身も原因がわからないので、説明のしようがないのだが、どうにも気にかかる。でも、ルネは最初に会ったときから落ち着きがなかったし、いまの彼が彼以外の何者だというのだ――といわれると、律也も首をひねるしかないのだ。

「櫂はヴァンパイアごとの違いってどうやって判断してるんだ？　匂いや、オーラの見分けかたというか。俺にはヴァンパイアの視界や嗅覚がよくわからないから」

「そうだな――極端なことをいえば、人間の顔がひとりひとり違うように、ヴァンパイアはその匂いとオーラの色合いや広がり方だけで、違いが認識できるんだ。一目あっただけで、どこの氏族か、〈一の者〉とか十三段階に分けられた位や、始祖候補か、どれくらいのパワーをもっているのかもわかる。どうしてわかるのか不思議だろうけど、たとえば欧米人とアジア人の顔はぱっと見ただけで、説明されなくても違いがわかるだろう？　ヴァンパイアがヴァンパイアを見るときには人間が顔認識をするのと同じくらい、違いが明らかなんだ。むしろ律が『夜の種族は綺麗だ』といってくれるけれども、肉体的な造形のほうが飾りにすぎない。その背後にある生命エネルギーのパワーとか能力の違いのほうが重要だ。結果として、ひとの目には綺麗に見えるだけで……あくまでヴァンパイア同士に限った話だが」

「そうなの？」

目から鱗《うろこ》が落ちた気分だった。前から、なぜ詳しい自己紹介もしないうちから、ヴァンパイアたちは互いの階級や能力を把握して、それに見合った態度をとるのかと不思議だった。上位はたいてい偉そうだし、中位や下位は絶対にへりくだる。たとえばレイなど見た目は正直、アドリアンが可憐だというように、線の細い美少年なのだが、どこにいっても周囲のヴァンパイアたちは彼を上位で力の強い存在だと畏れている。オーラを一目見ただけで、顔の違いと同じほど区別できるのか。

律也も氏族の違いならばわかる。おそらく浄化者の能力らしく、どうして区別できるのかは説明できない。ただ階級までは——上位の貴種は顔立ちの美しさや、自信に満ちた態度、洗練された物腰からして差がでるので、そういったもので判断しているだけだった。

「区別できるといっても、ヴァンパイアの目も絶対じゃない。だからこそ、目眩ましの術に優れた者は間者になれるし、〈変異の術〉も存在するわけだからね」

間者の話を聞いたときにも出てきた言葉に、律也は首をかしげる。

「〈変異の術〉ってなんなんだ……？」

「一言でいえば、中身を替えてしまうんだ。〈スペルビア〉のヴァンパイアの血をすべて抜いて、たとえば別の氏族……〈ルクスリア〉のヴァンパイアの血をそのからだに注入して、呪術をほどこす。そうすると、さっき説明したようにほかのヴァンパイアからは匂いやオーラが変化したように見えて、〈スペルビア〉のヴァンパイアが〈ルクスリア〉に見えたりする。同時に目眩ましの術も重ねて使うと完璧なので誰も気づかない。でも、傀儡《かいらい》のようなもので、長くはもたないんだよ。そのうちに人形が壊れるようにして動かなくなるから」

説明を聞いているだけで、気分が悪くなりそうな話だった。

「……そんなこと、実際に行われてるの？」

「いや、本来は禁術だ。大昔はあたりまえに実施されていて、間者のほとんどはそういう者だったとされている。でも、いまでは滅多に聞かない。術師がこの呪法をやったことがばれたら、即刻処刑だ。この術はいずれ効果が薄れて、周囲に露見してしまうので時間との勝負なんだが、とても見つけにくいんだ。目眩ましの術だけだったら、術を破れる者がいるけれど、肉体から血を交換してしまっているからね。普通に仲間だと思って話していたら、目眩ましの幻惑がとけた途端に、腐った肉塊だったなんてことが……」

律也が表情をゆがめたので、櫂は苦笑した。

「……やめようか、こんな話は」

「いや、大丈夫。俺はグロ平気。いつも自分で書いてるから、耐性がある。ただリアルに思い浮かびすぎて……」

自分がもしそういう場面を書くとしたらどんなふうに描写するだろうと詳細に想像してしまうと、嫌いではないが愉快とはいえなかった。

櫂は「なるほど」とおかしそうに笑った。

「とにかく――いまは禁術にされてるから、そんな間者に出会う可能性は少ない。ひそかに使っている氏族もいるんだろうが……アドリアンはこういった邪な呪術をとくに嫌っているから、自らの城でそんな禁術の間者が見つかったら抵抗あるだろうな」

「嫌っている？　なんで？」

「〈変異の術〉をほどこされたヴァンパイアは、死ぬときに塵《ちり》になれないんだ。血を交換されたときに、すでに本来の姿ではなくなっているから、ただの肉塊として終わる。散ることもできないのは残酷だし、美しくないから許せないのが理由らしい。自らが長になったときに、術師狩りをしたので有名だ。〈変異の術〉をはじめとした異端な呪法が広がらないようにね。彼は〈知識の塔〉をつくったり、呪術に関しても研究熱心で、寛大なパトロンでもあるんだが、自分の美学に反した者には容赦がない」

へえ――と律也は櫂の意外な知識に関心する。

「櫂はアドリアンが長になった頃はまだこっちにきてないだろう？　よく術師狩りの話なんて知ってるね」

「直接は知らないが、こっちにきてから呪術のことを調べて、有名な術師を訪ね歩いてるときに、いやでも〈ルクスリア〉の長の名前は聞いたからな。『いまさらもう遅い。神の領域に挑むような術師はアドリアンに皆殺しにされた』って」

「あ……」

ヴァンパイアから人間に戻る術はないかと模索していた時期の話だと気づいて、律也はくちごもる。

「術師たちのあいだでは、アドリアンは死神のようにいわれてたよ。最初は庇護されていて、殺された者もいたから、反発が大きかったんだ。俺も当時は恨んだよ。妖しげな呪法さえあれば、人間に戻れるのかもしれないのにって」

櫂が呪術に詳しいのはそういう理由だったのかと納得した。

それにしても、忌まわしい呪法を嫌う理由が、散ることができないのが残酷だからだとは——ヴァンパイア独自の美学としかいいようがなかった。たしかに、あの光のなかで消滅していく姿は美しい。あとに残された光る宝石の欠片《かけら》のような塵さえも。

そういえば浄化者は、どうやって死ぬのだろう？　ヴァンパイアの伴侶になった場合は——？

「今回の間者が〈変異の術〉がどうのこうのっていわれてたのは、なんでなんだ？　ばれるときには、もう死んでるのが普通なんだろ？　でも、捕まった時点では生きてた」

「今回、脅威だって大騒ぎされたのは、そこがいつもの〈変異の術〉と違ってたからだ。新しい呪術が成功して、施されていたらしい。なんでも捕まった男は、〈ルクスリア〉にも見えたし、〈アケディア〉にも見えたそうだ。ふたつの血が混ざりあったようにくるくると変わってたらしい」

「それって、顔かたちの問題ではなくて、糴たちに見える、血のオーラとか匂いでのヴァンパイア識別法で判断した場合でってこと？」

「そう——だから、なんらかの呪術が行われたのは間違いない。当然、最初は〈アケディア〉のヴァンパイアが、アドリアンの城に入るために〈ルクスリア〉に偽装したと思われてた。でも、本人は否定していたらしい」

「自分は間者じゃないっていっていってたの？」

「錯乱状態だったらしいな。なんでこんなことになったのかわからないといっていたそうだ。取り調べるほうも、呪法のからくりがわからないから後手後手だったらしい。〈変異の術〉に通じる術師は、〈ルクスリア〉の地にはもうひとりも残ってないからな。術師の恨みをかってる自覚があるから、アドリアンは戦々恐々だ」

聞けば聞くほど〈変異の術〉は恐ろしかった。もし、新たな呪法が成功していたのなら……。

昨夜のアニーを思い出す。〈アケディア〉の長のラルフを見たとき、なにかいいたげだった。間者が亡くなったことを知っていたことといい、彼の目にはいったいなにが見えているのか……。

扉がノックされ、従僕が入ってきて、アドリアンがサロンで少し話したいことがあると告げられた。

廊下にはすでに呼ばれたレイが待っていたので、連れ立ってサロンに向かう。

「やあ、皆さん。よく眠れたかな」

サロンに入ると、アドリアンはにこやかに笑いかけてきた。おそらく昨夜はいろいろな対応に追われて、本人はほとんど寝てないだろう。それでも涼しげな顔をしていなければならないのだから氏族としての体面を保つのは大変だ。

「おかげさまで快適に過ごさせてもらっている」

あんな大騒ぎがあったのだから、一歩間違えば嫌味だが、櫂は普段よりもアドリアンを労《いたわ》るようにやわらかい表情をしていたので、そうは聞こえなかった。同じ長としての苦労はわかるのだろう。

「櫂にそういってもらえると、僕も救われる」

「――〈アケディア〉の長はどうした？」

「昨夜、間者が亡くなったと聞いて、ご心痛のあまり具合が悪そうだったが、今朝になったら少し落ち着きを取り戻していたよ。いまこの城に〈スペルビア〉の長とその伴侶が滞在していると聞いて、是非ごあいさつしたいと」

やはりきたか――と律也は少しばかり身構えた。櫂も厳しい表情になる。

「あいさつするのはかまわないが……間者の正体はわかったのか」

「亡くなってしまっては、もはやその責任を〈アケディア〉に追及することもできない。なにせ従来の〈変異の術〉とは違って、かなり変り種だったのでね。だからよけいに怖いんだが」

アドリアンは肩をすくめてみせる。

〈アケディア〉の長はいったいなにを考えているのか。どうして律也たちにそんなに会いたいのか。律也も好奇心をくすぐられた。

「どうして長がこんなに早くこられたのか、詳しい事情を聞きましたか？」

「湖沼地帯に向かう途中だったそうだよ。ご旅行だそうだ。もうあそこも本格的に夜の季節に入っていて、これからだと旅行先には向かないんだがね。まあ僕は美しいひとが嘘をついていると疑いたくないので」

アドリアンはふっと律也に笑いかけた。

「人気者はつらいね。なんだかんだいって、みんな律也くんに会いたいんだよ。〈アケディア〉もしつこく招待状を送っていたんだろう？　まあ、長のラルフにはかつて浄化者の伴侶がいたらしいから。きみには興味があるんだろうね」

「え――」と律也は目を瞠《みは》った。

「ほんとですか？」

「あくまで噂だよ。〈イラ〉の長が白い翼だって噂よりは信憑性がある。公にはしなかったけれど、ラルフが浄化者といたのは周知の事実だったらしいから。今日、きみに見せる資料の記録にもいろいろ書いてあるから、読んでみるといい。普通は浄化者の伴侶なんて手に入れたら、ほかに狙われるのが怖くて隠してしまうから、櫂みたいに公式の場所に連れてくるほうが珍しいんだよ。きみの場合は、父親もカインの契約者だったし、櫂が長になる前から浄化の薔薇を咲かせたことで有名だったから、隠しようがないけど」

「浄化の薔薇……」

「きみの人界の家の庭の薔薇には、血よりも濃い精気が宿ってるんだろう？　オオカミ族や狩人まできみを狙ってたって、僕のところにも噂が届いてる。あの頃、狩人の東條《とうじょう》はスピーカーのようなものだったから、彼と話すだけできみの存在は夜の種族に知れ渡ったし、オオカミ族は噂好きの種族だ。残念ながら、もはやきみはみんなに狙われる運命なんだよ。まあ櫂が生きてる限りは大丈夫だろうけど……と、〈スペルビア〉のふたりが怖い顔で睨んでいるから、ここまでにしておこうか」

横を見ると、たしかに櫂とレイのふたりが物騒な顔つきでアドリアンを睨んでいた。

「今日、資料を見せてもらえるんですか？」

「もちろん。わが氏族が誇る〈知識の塔〉へ案内させよう。残念ながら、僕は今回の一件で手が放せないのでご一緒はできないが。律也くんが満足できるように、特別な案内人を用意させたからね。櫂――きみは申し訳ないが、律也くんではなくて、僕につきあってくれ。内密で話したいことがある」

「わかった。こちらからも少し話があるから、ちょうどいい」

アドリアンは「よし決まりだ」と微笑んだ。

「さあ、その前に、麗しい〈アケディア〉の長の顔を拝んでもらおうか。きみたちに会いたくて、朝からうずうずしているようなのでね」

アドリアンは従僕にラルフを呼びにいくように告げると、律也を振り返った。

「律也くん、ラルフは綺麗でやさしい顔してるけど、気をつけたほうがいい。やつには前科があるから」

前科――？

いったいなんのことなのだと問いかけようとしたところ、ラルフが到着したらしく、控えの間にひとの気配がした。

やがて静かに扉が開かれて、〈アケディア〉の長――ラルフが姿を現した。

昨夜、広場に立っているときはほっそりと折れそうな風情に見えたが、間近で見ると、櫂やアドリアンたちと同じくらい背が高く、堂々としていた。

優雅で端整な顔は凛として前を向き、プラチナを糸にしたような銀色の光を放つストレートな長い髪が背中に流れている。つねに瞼《まぶた》を閉じているが、開かないわけではないらしい。律也たちを前にしたとき、ラルフはゆっくりと目を開いた。薄いライムグリーンの瞳はまったく動かなかったので、やはり視界の機能は失われているらしいが、そこにあるだけでただ美しく、宝石がはめ込まれているようだった。まさに盲目の麗人――。

「はじめまして。〈スペルビア〉の長、そして伴侶の方ですね。お会いできて光栄です。〈アケディア〉のラルフと申します」

声は涼やかで、耳にしっとりと染み入るやわらかさをもっていた。

それぞれの始祖の血をもつ長は、通常、櫂といい、アドリアンといい、見るからに上に立つ者のオーラがあり、風格を備えているものだ。表向きは優雅でも、必ずヴァンパイアは血と力がすべてだという独自の論理と嗜虐性《しぎゃくせい》に則《のっと》った別の顔をもっている。普段は紳士的な櫂も、戦闘になった際の血塗《ちまみ》れの姿はまるで別人だと知っている。

だが、目の前にいるラルフはその別の顔がまったく見えてこなかった。彼も長だというからには、かつての長と闘い、蹴落としてその座についたのだろう。それなのに、攻撃的な姿がどうしても想像できないような、柔和な雰囲気につつまれていた。

律也は内心動揺しながら、櫂とともに儀礼的なあいさつをかわした。ラルフの後ろには、以前人界のカフェに現れたナジルが控えている。

視力は失っていても、氏族の〈遠見〉の能力のおかげで、ラルフは心の目でいろいろなものが見えるのだという。瞼を閉じていたほうが集中できるので、目をつむっているらしい。

「わたしが長だなんて意外だという顔をしていますね」

ラルフにいいあてられて、律也はどきりとした。

「わが氏族は、もう数百年も代替わりはしていないのですよ。わたしが強いわけではなく、もうそういったことはしていないのです。わたしは皆様のように勇ましくはない。たぶん戦闘になったら、誰よりも弱い。いま目の前にいる若く雄々しいおふたりの長はもちろん、そこにいる〈一の者〉にも到底かなわないでしょう」

〈一の者〉と呼ばれたのは、レイだった。背後で「ラルフ様」とナジルが焦ったように声をかける。

「よいのだ。――皆様には真実を知っておいてもらったほうがいい。わたしに敵意などないことを。〈閉ざされた氏族〉には、本来のヴァンパイアとは違った法則が育っていることを」

代替わりがない――？

始祖の血を継ぐ始祖候補がいても、長にとって代わろうとはしないのだろうか。

「戦闘能力はないといっても、誰よりも優れた遠見と結界を破る能力をお持ちだ」

櫂の指摘に、ラルフは微笑んだ。

「それがわが氏族の特性です。だから、わたしは視力を失っても、長でいられる」

見れば見るほど、ラルフは今回のように不意打ちで他氏族の城に侵入したり、なにか大それた企みをしたりするような狡猾《こうかつ》な人物とは思えなかった。

ルネが「アドリアン様は綺麗なものに弱いから」といっていたが、この調子で穏やかに主張を訴えられたら無理もない。櫂以外の美男には見向きもせず、ヴァンパイアの幻惑にはひっかからない律也でさえ、ラルフの前では会う前に抱いていた警戒心をあっけなく失いそうだった。

「――とても旧《ふる》い力をもっていますね。偉大で圧倒的な力を」

ラルフが瞼を閉じたまま、律也のほうを向いて呟く。目は開けていないのに、視線を感じた。まっすぐにペンダントがある胸もとへ。

石がじんわりと熱くなったが、前回ほど激しい反応ではなかった。ラルフがそれを感じとったように眉間《みけん》に皺《しわ》をよせる。

「語り部の石をもってるのですね。精霊が宿っている。もし、よろしかったら、それを見せていただくわけにはいきませんか」

え――と律也はとまどった。見せるといっても、見えないのに――いや、心の目で見えるのか。

相手の目的がどういうものかわからなくて、律也は迷った。突然、そこで石のなかからアニーが〈閉じた心話〉で話しかけてきた。

（いやだ、渡すな）

昨夜からずっと様子が妙だったので、やっと反応してくれたことに安堵《あんど》した。律也は「申し訳ありませんが」とペンダントを守るように胸もとに手をあてた。

「ほかのひとの手にふれさせることができないのです。精霊がいやがるもので」

「そうなのですか。実は、わたしもかつて語り部の石の精霊を知っていたのですよ。……もしかしたら、知り合いなのかもしれないと思ったので」

「アニーを知ってるんですか？」

昔の知り合いならば、アニーが反応したのも頷《うなず》ける。

「精霊はアニーというのですか」

ラルフは目に見えて落胆したように肩を落とした。

「……そうですか。わたしの知り合いとは違うようですね。……でも、見える力がよく似てる。……似てるけど、違う。なにか別の力も見えるような……七色の……」

遠見とはいったいどこまで見えるものなのか。人魚からもらった七色の花びらのことをいあてられたらどうしようと思ったが、それ以上はわからないらしく、ラルフは眉間に皺をよせて微笑んだ。

「もしも知り合いだったら……と期待したのですが、残念です」

（こんなやつ、知らん）

アニーが石のなかから律也だけに〈閉じた心話〉で訴えてくる。

いつものアニーだと思うと同時に、昨夜はなんだったんだろうと訝《いぶか》る。バルコニーからラルフを見たとき、たしかに「あいつは……」といっていたのだ。

しかも、ラルフはアニーと聞いてがっかりしていたが、その呼び名は律也が名づけたものなのだ。以前は違う名をもっていたらしいということをすっかり失念していた。

もし以前の名前だったら――？

「律也殿、よかったら精霊の話をまた聞かせてください。浄化者のあなたとはいろいろとお話ししたいことがある。滞在中に再びお時間をとっていただければ幸いです」

ラルフはそういって、少し青い顔をしてサロンを出ていった。部屋に入ってきたときは背すじを伸ばしていたが、帰るときにはナジルに支えられていた。どこか具合が悪いのを無理しているのだろう。

「結界を破ったせいですね。ダメージがすごいのでしょう。もともと視力を失ったのも、その影響じゃないかといわれています。もしくはなにかの呪術の失敗のせいだとも」

ラルフが退出したあと、レイが説明をしてくれた。

呪術の失敗……？　亡くなった間者の〈変異の術〉といい、どうもきな臭い。でも、ラルフ本人はそういった妖《あや》しげなものには無縁そうに見えた。

「〈アケディア〉は謎だらけだからね。あの麗人もやさしそうな顔して、裏でなにを考えてるのか。〈閉ざされた氏族〉は得体が知れないが、結界破りの能力は下手に敵に回すこともできない」

アドリアンがやれやれと息をつく。律也はあらためて疑問に思った。

「自分は弱いといってたけど、あの能力は充分な武器ですよね。どうして〈アケディア〉は弱体化してるんですか。氏族の数が少ないと聞いたけど」

「それがわかったら苦労しない。だから〈閉ざされた氏族〉なんだよ」

もっと疑問なのは、なぜその外とほとんど接触をしないという〈アケディア〉の長が律也には会いたがるのか。語り部の石に興味をもっているのはなぜなのか。

「律也くんもラルフには骨抜きにされたのかな。あの害のなさそうなところがいいのかね」

アドリアンにからかうようにいわれて、律也は少し考えてかぶりを振った。

「そんなんじゃないですけど、悪いひとには見えませんでした」

一番怪しいはずの人物が、怪しく見えない。頭のなかがよけいに混乱して、すっきりしなかった。

「悪いひとかどうかは僕も知らないが、虫も殺さぬ顔をして結構大胆なのは事実だがね」

「天馬の馬車で結界破って現れたからですか？」

たしかに昨夜の登場の仕方は派手だった。一歩間違えば、氏族同士の真っ向勝負の争いになるのに、よく実行に移したものだ。どうしてもアドリアンの城に入りたかった……？

「あれも見事な演出だったが……ほかにも前科がある」

「さっきもいってたけど、前科ってなんです？」

眉をひそめる律也に、アドリアンは思わせぶりに微笑んだ。

「彼はその昔、浄化者の伴侶を殺してしまったという噂があるんだよ」


櫂はアドリアンとの話し合いのため別室に移動してしまったので、律也とレイだけがサロンに残された。

これから浄化者の資料があるという〈知識の塔〉に行く予定になっていたが、律也はアドリアンのいった言葉が気になって仕方がなかった。

ソファで考え込む律也を見て、レイがためいきをついた。

「律也様、アドリアンのいうことなんて、話半分に聞いていればよろしいのですよ。ひとをからかって面白がっているのですから。いちいち反応したら、やつの思うつぼです。見ましたか？　もったいぶって、あのドヤ顔」

「わかってるけど、気になるじゃないか」

ラルフが浄化者の伴侶を殺した——といった途端、櫂が「律をつまらない話でおどかすな」とアドリアンを睨んだ。アドリアンは「噂だよ、噂」と笑い飛ばしたので、それ以上の詳しい話は聞けなかった。

あんなにやさしそうなひとが伴侶を殺したりするのだろうか？　でも——もしかしたら……。

律也の頭に最初に浮かんだのは、母親のことだった。浄化者だったらしい母親。まったく記憶にないし、顔も知らない。父は母のことを語らなかった。

その理由は——父が律也に夜の種族には関わってほしくないと願っていたからに違いなかった。母が夜の種族のせいで、口にするのも憚《はばか》られる死に方をしたからではないのか？

家には写真すらない……。それはなぜなのか。

「浄化者の資料とやらを見れば、なにかわかるかもしれません。ただ眉唾ものだと思いますよ。『〈イラ〉の長の翼は白い』と同レベルです」

「そうだといいんだけど」

「ラルフがもし律也様の御母上の敵なら、櫂様がきっとやつを八つ裂きにします。わたしも喜んで助太刀しますから、どうかご安心を」

いや、そういう問題じゃないんだけど……ととまどいつつも、いかにもレイらしい慰めの言葉だと思ったら、肩の力が抜けて楽になった。

「ありがとう、レイ」

「いいえ。——〈知識の塔〉に案内するといっていたのに、誰もこないですね。ちょっと見てきます」

レイがサロンを出ていったあと、律也は大きく深呼吸した。あれこれ考えていても仕方ないので、まずは事実かどうか確かめなくてはならない。せっかくアドリアンの城にやってきたのだから、浄化者のことを調べよう。

「よし」と気合を入れたところで、胸もとのペンダントから声がした。

(――やつが浄化者と関係してたのは事実だぞ。ただし三百年以上前だかな)

「アニー?」

ペンダントの石から光があふれだし、子狼姿のアニーがでてきた。

『おまえの母親はそんなに昔に生きていたわけではなかろう。別人だ』

呼びかけても反応しないこともあるのに、律也の心情を察して姿を現してくれたのだろう。律也が「アニー」と抱きしめてからだを撫《な》でてやると、アニーは『よせ、くすぐったい』と文句をいいながらも、まんざらでもなさそうに尻尾を振った。

「俺の母ではないとしても――ラルフはほんとに浄化者を殺したのか? ……伴侶にしてたのもほんと?」

『殺してはいない。関係してたが、厳密には伴侶ともいえないが……』

「伴侶ともいえないって、どういう意味?」

『求婚してた最中だったたからな。契約の儀式は終えてなかった』

アニーがすらすらと答えるので、律也はきょとんとなった。

「やっぱりアニーはラルフを知ってるのか？　ラルフが……語り部の石の精霊に知り合いがいるっていってたけど」

『あんなやつは知らん』

「でも、いまラルフのことをしゃべったじゃないか。契約の儀式は終えてないけど、親しくしてた浄化者がいたんだろう？　それに、昨夜、アニーはラルフを見たときに、『あいつは……』って知ってる素振りだったじゃないか」

アニーは「はて」というように首をかしげた。

『昨夜のことはよく覚えていない。というよりも、時々意識が混濁するんだ。最近、昔の記憶がたびたび浮かんでくるといっただろう？　そのせいだな』

ひょっとしたら、律也にアニーと名づけられる前——別の名前のときに、ラルフと知り合いだったのかもしれない。

アニーは昔、ラルフが求婚した浄化者と一緒にいたのではないだろうか。初めて石のなかから現れたとき、以前浄化者といたのは数百年前だから名前を忘れてしまった、といっていた。

「アニー、きみの昔の名前はなんていうんだ？　昔の記憶が浮かぶなら、名前も思い出せないか」

『………』

昔の名前がわかればラルフに確認できると思ったのだが、アニーはつんとそっぽを向いた。

『知らん。忘れた。だいたいおまえに名づけられてから、俺はアニーになったんだ。違う名前だった時代のことなんて、もう知るか。性格も顔も違う』

「そういうものなのか……？」

『おまえが俺に名づけたんだぞ。人間とも夜の種族とも、精霊は存在の成り立ちからして違うんだ。もともと決まった個のかたちはもたない。おまえのために、俺はアニーになったんだ。無責任なことをいうな』

「ごめん……」

どうやらご立腹のようなので、律也はアニーの頭をよしよしと撫でた。アニーは心地よさそうに目を閉じて律也の膝《ひざ》の上で丸くなる。

『……俺はもうアニーになったんだ。……それでいいだろう』

なにか隠していると思ったが、追及できる雰囲気ではなかった。記憶が甦《よみがえ》りかけているみたいだが、アニーとしては思い出したくないらしい。

「律也様。〈知識の塔〉へ案内してくれるそうです」

扉が開いてレイが呼びにきたので、律也はアニーを抱いたまま部屋を出た。

「獣同伴で大丈夫でしょうか。重要な資料に毛がついては大変ですから、立ち入り禁止なのでは」

レイの言葉にぴくりと反応し、アニーがむすりとして腕のなかから下りようとする。律也はあわてて「大丈夫だよ、一緒に行こう」と抱きとめた。

「レイ、そういうことといわないでくれ」

レイは「申し訳ありません」とすぐに謝ったものの、ちらりとアニーを見て薄く笑う。

「ご機嫌ななめでしたか。デリケートな精霊だ」

『離せっ、無礼なヴァンパイアのそばにいたくないっ』

再び腕から抜けでようと暴れるアニーを必死になだめてから、律也は「やれやれ」とためいきをついた。レイは櫂と律也のふたり以外には、とかく喧嘩《けんか》を売りがちなので苦労する。どうしてみんな仲良くしてくれないのか。

先導する従僕のあとにしたがって〈知識の塔〉へ向かった。本来、まだ昼間の時間帯なのに、外はもう真っ暗だった。城の裏手の敷地に、目的の場所はあった。〈知識の塔〉との呼び名のとおり、石づくりの蔦《つた》がからまる背の高い円柱の建物だった。

内部に入ると、中心に螺旋状《らせんじょう》の階段があって、周囲の壁は本や展示品でぎっしりと埋められていた。螺旋階段の手すりの至るところにランプがかけられており、暖色の光に照らされた内部は旧い書物の匂いに満ち、どこか幻想的だった。

黒いフードつきの長衣を身にまとった人物が、螺旋階段の上から律也たちを見下ろしている。

「おお、律也くん」

親しげに手を振られて、律也は仰天した。黒ミサにでるような格好をしているその男は、よく見知った人物だったからだ。

「東條さん?」

「きみに見せるための資料をいま、ピックアップしていたところだよ。さあ、上にあがってきたまえ」

いったいなぜ東條がここにいるのか。啞然とする律也の腕のなかで、『なんであいつがいるんだ』とアニーが不満そうな声をあげる。隣のレイも、いやそうに顔をゆがめていた。

「そういえば『特別な案内役を用意させた』といってましたね」

アドリアンの台詞《せりふ》を思い出して、律也は「東條さんだったわけか……」と納得する。

こちらの世界に連れられてきたのがいきなりだったから東條にはなにも告げてなかったが、狩人だから独自の情報網で律也がアドリアンの城を訪れることは知っているだろうと思っていた。しかし、まさか城のなかにいるとは。

「――アドリアン様が気を遣ったのですよ」

背後から声をかけられてぎょっとして振り返ると、ルネがいつのまにかそこに立っていた。

「律也様の親しい人物を一緒に客人に招いたほうがくつろげるだろうと、招待を受けていただくことが決まってから、すぐに声をかけられて。あの狩人殿は一週間ほど前に呼ばれて、この塔にずっと籠《こも》りっぱなしです」

ルネはニコニコしながら、ここまで案内してきてくれた従僕に「ご苦労だった」と声をかける。

そういえば、アドリアンにサロンへ呼ばれてラルフと会っているときには、ルネの姿を見かけなかった。普段なら、呼ばれてそばに控えていてもおかしくなさそうなのに。〈知識の塔〉にすでにきていたのか。

「ルネも案内してくれるのか」

「いいえ。わたしはこういうものには疎《うと》いものですから、狩人殿にお任せします。下で警護をかねて待っておりますので」

「そうか……」

ルネと話していて、律也は落ち着かないものを感じた。口の軽すぎることに対する心配ではない。どうして彼にこんなに違和感を覚えるのだろう。姿かたちや性格は変わってないのに、なにかが壊れているような気がするのはなぜなのか。

律也は階段をのぼって、充分にルネと離れてから、「レイ」と小声で囁《ささや》いた。

「ルネに気をつけてくれ。うまくいえないんだけど、その……」

「やつのなにに気をつけるというんです?」

「なんていうか、彼を見ていると、不安定な気持ちになるんだ」

「たぶん皆そうだと思いますが……あんな間抜けがどんな粗相をしようと、わたしのひと噛みで死にますよ。ご安心ください」

なんとも力強い言葉に、律也は「頼むよ……」と答えた。

「おーい、律也くん、早くこっち」

東條が階段の上から声をかけてくる。

それにしても、不思議な構造の建物だった。中央の螺旋階段から、書物や展示品が並べられている壁まではだいぶ距離があって、もちろん手が届かない。収納するのも、閲覧のために取りだすのにも不便そうだ。こんなに高いところまで届く梯子《はしご》もないだろうに。

「どうやって本をとるんだろう……」

律也がぶつぶつ呟いていると、いきなりレイが背中の翼を開いて、ふわりと宙に浮き、壁際の棚まで飛んでいって、書物を一冊取りだした。

「こうやってです」

なるほど、ヴァンパイア仕様か――と納得した。

やがて階段の終わりが見えて、そこは普通の部屋につながっていた。円柱の建物なのに、どういうわけか部屋が四角だったが、律也はもう細かいことは気にしなかった。なんらかの不思議な力が働いているのだろう。

階段をのぼりきった律也たちに、東條は歓迎するように両腕を大きく広げてみせる。

「ようこそ〈知識の塔〉へ」

自分も客人のくせに、我が物顔である。

「東條さん……なんなんですか。その黒い衣装。狩人のイメージカラーは金色でしょ」

「きみも着てみたいかい？　この塔を学びの場としている学究の徒はこういった服装をしてるんだよ。清貧で禁欲的でそそるだろう？」

いや、黒ミサかと思いました——とはいわないでおいた。

『——旧い匂いがする』

アニーが律也の腕から飛び降りて、辺りの匂いをくんくんと嗅ぐ。

部屋の四方はやはり本棚で埋められていて、中央に図書館の閲覧席みたいな大きな机が置かれており、書物や巻物が並べられていた。

「すごいですね……前にアドリアンは自分で浄化者や狩人について研究熱心だとはいってたけど」

「浄化者や狩人についてだけじゃないよ。ここにはありとあらゆる知識があふれてる。呪法やオカルト的なものはほんの一端にすぎない。天文学やら幾何学やらいろんなものに通じてる」

「東條さんはずっとここにいたんですか？」

「ああ、アドリアンに招待されてね。〈知識の塔〉を好きなだけ見ていいっていうから、喜んで承知したんだ。そのうちにきみがくるからっていわれてて……興味がありそうな資料は、全部そこにだしておいたから」

もともとオカルトマニアの東條にとっては、〈知識の塔〉は天国のような場所のはずだった。しかし律也と親しいとはいえ、それだけの理由でアドリアンが東條にわざわざ声をかけたとは思えなかった。

「東條さんとアドリアンはどういう仲なんですか？　彼は前も東條さんのマンションに出没してたけど」

「きみに追及されて困るような関係はとくにないが……アドリアンはこういう〈知識の塔〉をつくるぐらいだから、僕とは趣味が合うね。あわよくば、彼は僕も観察対象にしたいんだろう。僕は狩人としては、人界に唯一生活の場をもってる存在だから。興味があるんだよ」

「どういう意味です？」

「僕は一番若い狩人なんだ。狩人は滅多に現れないから。……ほかの狩人は、もうすでに覚醒してからだいぶ経《た》っていて、人界で暮らすことはないから」

年数が経てば、人界には誰も知り合いがいなくなって、わざわざ生活の拠点をもつ必要はなくなるのだろう。

「ここにずっといたなら……東條さんは外の騒ぎは知ってます？」

「騒ぎ？　いや、『律也くんがきたら、知らせてくれ』としかいってないから、なにも知らないが……昼夜、書物に没頭してたのでね。なにか面白いことが起こってるのか？」

間者が見つかったことも、〈アケディア〉の長が城に滞在していることも知らないらしかった。

律也がまとめて説明すると、東條は「ほんとうかい？」と目を輝かせた。

「〈閉ざされた氏族〉の長がわざわざアドリアンの城を訪ねてくるとは……これは大事件だな。あとでアドリアンに頼んで、ラルフに会わせてもらわなくては」

「やっぱり珍しいことなんですか」

「〈イラ〉ほどではないが、〈アケディア〉の長もあまり人前にでてこないからね。盲目の麗人なんだろう？　櫂たちの訪問のタイミングを狙ったんだろうから、きみによっぽど興味があるらしいね」

みんな律也が目的だと思うのか。自分もそう思っていたけれども……。

どういうわけかうまくパズルのピースが嵌《は》め込まれていないような違和感があるのだ。なにかが腑《ふ》に落ちない。

引っかかるものを覚えながらも、律也はとりあえず机に座って、東條が用意してくれた資料の書物の頁《ページ》をめくった。本来、アドリアンの城を訪ねる目的のひとつは浄化者のことを知るためだったのだから、少しでも成果を得なければならない。

資料に目を通すと、ぱっと見には読めない言語のはずなのに、内容がするすると頭のなかに入ってくるのが不思議だった。

資料によると、古くはヴァンパイアの伴侶になった浄化者も多かったらしい。ヴァンパイアだけでなく、オオカミ族やほかの種族たちにも厄除けや守り神のように扱われていた、と記されている。だんだん現れる数が減っている、とも。

浄化者の血縁にはやはり浄化者が現れる、という一文を読んで、律也は母親のことを考えた。

資料は古いものが多くて、母親について調べるとしたら、せいぜい二十数年前の記録になるのだが、そんな新しい記述は見つけるのが困難だった。

浄化者は謎が多い、とみんな口をそろえていうが、そのとおりだった。これだけ多くの資料を見ても、同じようなことしか書いていない。要するに、浄化者の気は夜の種族を魅了し、虜《とりこ》にする、と。

やはり無駄足だったか――と思いかけたそのとき、一冊の帳面を手にした。紙はセピア色に染まっており、ところどころ失われた頁がある。個人の手書きの記録だった。

〈浄化者は神意を司《つかさど》る――〉

その一文がまず目に飛び込んできた。「神意」――最近、その言葉をどこかで聞いたような気がする。

〈これはわたしが旅の途中で見聞きした浄化者に関する話である。現在、〈アケディア〉の地には入ることができないので、確認しようがない。だが、かねてから長のラルフには浄化者の伴侶がいるという噂があった。そして今回新たに調べたところ、どうやらその浄化者は亡くなったらしい。名をクリストフという。長のラルフがその死に関わったのは間違いない。彼は浄化者に強引にいうことをきかせようと邪な術を使用したため、視力を失った――〉

頁をめくる手が震えた。アドリアンはこの記録を読んでいたから、「前科がある」といったのか。

「東條さん……これ読みました?」

「ああ、読んだ。だから〈アケディア〉の長がきみに興味があるのはもっともだと納得したんだよ。まあ記録に残ってるかどうかってだけで、夜の種族の多くは浄化者に対して執着があるからね。手に入れる機会があったら、かなり無茶なことをするかもしれない。でも、死に至らしめることはないと思うんだよね。その記述もどこまでほんとうなのか。きみのときだって、一応僕も求婚したし、オオカミ族からもアプローチがあっただろう? 国枝《くにえだ》櫂は始祖を倒したし。あれがもし後世の記録に残るとしたら、きみを巡って多くの男が争った――とか劇的な感じで書かれるだろうしね」

そういえばそうだった……と思いだしながら、律也は記録の先を読む。書かれていることがすべて真実とは限らないのだ。

〈クリストフが浄化者だという確たる証拠は、なによりも彼のそばに語り部の石の精霊が仕えていたことだ。クリストフはヴァンパイアの餌《えさ》として、無理矢理この地に攫《さら》われてきた。契約をせずに人間を連れ込むのは、人界とかかわりを持たない氏族のよくやる手だ。契約なしでこの地で暮らすことになれば、普通の人間なら、そのうちに正気を失ってしまうが、クリストフは並外れた気の持ち主だったから救われた。契約をしていなかったから、ヴァンパイアに魂と肉体を繋《つな》がれることもなく、逃走したのちは自由になった〉

契約せずに、夜の種族の世界にきている人間――そういう者もいるのか。

〈彼らの多くは、オオカミ族がいる地域で暮らしている。オオカミ族の伴侶の人間がいるから、紛れ込むことは難しくない。クリストフはその後、語り部の石を手に入れて精霊を味方とし、各地にあるオオカミ族の居住地を転々として暮らしていた。クリストフの傍らには、いつも語り部の石の精霊の姿があった。語り部の石の精霊は、万物の知恵に富み、変幻自在な力を持つ。クリストフと一緒にいた精霊は人型をとるとき、非常に物静かで美しく、賢者のような風格があった。名をヴェンデルベルトという――〉

そこまで読んだとき、律也は固まった。

語り部の石の精霊の記述をくりかえし読んで、ごくりと息を呑む。これはひょっとしたら……。

「……アニー？」

顔を上げて名前を呼んだが、さっきまで書棚の匂いを嗅いでいたアニーの姿がいつのまにか見えなくなっていた。

東條が「どうした？」と律也を覗き込む。

「東條さん、ここ……レイも見てくれ。語り部の石の精霊のところ。これ、アニーのことを書いてるんじゃないかな」

律也が指さした箇所を、東條は「そんな箇所あったかな」と首を伸ばして確認し、次にレイも「失礼」と目を通した。

そして、ふたりとも「違うだろう」「違うでしょう」と声をそろえた。

「律也くん、語り部の石の精霊はアニーひとりじゃないんだよ。天界の置き土産といわれて、昔はもっとたくさんいたんだ。いまだって、目覚めてる石は知られてないだけでほかにもあると思うよ。この記述を読むと、ヴェンデルなんとかって名前からして、ものすごく立派な精霊みたいだし」

「あの毛むくじゃらと人物造形がまったく異なるじゃないですか。人型になったときだって、物静かで美しい賢者のような風格がアレにありましたか」

普段は相性の悪いふたりの意見が珍しく一致した。両者から否定されて、律也は地団駄を踏む。

「でも、これはアニーだ。アニーはラルフを知ってたんだ。いいよ、本人に確認する。……

アニー」

再び室内を見回したが、アニーの姿はない。退屈して下にいってしまったんだろうか。律也は部屋を出て、螺旋階段を覗き込んだ。だが、どこにも見えなかった。

「アニー？　どこだ？　聞きたいことがあるんだ」

塔のなかで叫び声がむなしく反響する。

知らないあいだにペンダントの石のなかに戻ったのだろうかと確認したが、いつもの炎のような光は見えなかった。石のなかにもいない。

いやな胸騒ぎを覚えながら、律也は階段を下りた。一段ごとに、わけのわからない不安が募っていった。いつのまにか、早足になって下まで駆けおりていた。

「アニー？」

アニーの姿はどこにもなかった。あたりをきょろきょろと見回してから、扉を開けて外に出る。

「アニー！」

外はもう真っ暗だ。闇に向かって叫ぶが、やはり返事は聞こえない。

突如、背すじにぞくりとつめたいものを感じた。「アニー」と呼んでも、返事がないのは珍しくないことだ。ペンダントの石のなかにいても、律也の呼びかけに毎回応じるわけではない。

アニーは気まぐれで……でも……。

どこにもアニーの気配が感じられない。こんなことは初めてだった。いままでアニーが子狼姿でどこかへひとりで出かけても気にならなかったのは、ペンダントの石を律也が手にしている限り、いつでも戻ってくることがわかっていたからだと思い知った。どんなに離れても、見えない絆《きずな》で繋がれているような感覚があったのだ。

いまや、その絆が完全に断ち切られている――律也は思わずその場に膝をついた。

「律也様？」

あわてて階段を下りてきたレイが外に出てきて、「どうしたんですか」と律也の腕をつかんで立ち上がらせる。後ろに続いていた東條もなにが起こったのかわからないようにとまどった顔を見せていた。

「律也くん、どうしたんだ？」

「……アニーがいない……」

東條は「はて」というように首をかしげてから辺りを見回した。

「きっと退屈して、どこかに遊びにいってるんだよ。子狼の姿でふらふらいなくなることは、よくあるじゃないか」

いや――と律也はかぶりをふった。

「よくあるけど……違う。俺にはわかるんです。どこかに行ってるだけなら、こんな気持ちにはならない。……いまは、気配がまったく感じられない」

どういうわけか確信があるのだ。アニーがいない。この世のどこにも――。

いったいなにが起こったのか。螺旋階段をのぼって、上の部屋に行くまで、アニーは律也と一緒にいた。

みんなが書物を見ているあいだにいなくなったのなら、どこへ行ったのか。まず螺旋階段を下りる。でも、階下にはルネが警護をかねて待っていたはずだ。

はっとして、律也は再び塔のなかに戻った。下にいたはずのルネの姿がどこにもない。

ルネにずっと覚えていた違和感――おどおどしていて、粗忽《そこつ》なところがあるヴァンパイア。あんな〈一の者〉はほかにいやしない。でも、城にきてから会ったルネは、律也の目には奇異に映った。ルネであって、ルネでないような……。

いま、律也のそばにはレイと東條がいる。最強の〈一の者〉と狩人がそばについているのだから誰かがなにかを企んだとしても、普通は手をだせやしない。もしかしたら、最初から目的は律也ではなく、アニーだとしたら？

語り部の石の精霊に興味を抱いていた〈アケディア〉の長のラルフ……。

「どうしました？」

律也の叫び声を聞いて、すぐに塔の周りにいた〈ルクスリア〉の警備のヴァンパイアたちが集まってきた。そのなかにもやはりルネの姿はない。

「ルネは？」

律也は鋭く問い質《ただ》した。警備のヴァンパイアたちは不審そうな顔をする。

「ルネ様なら、先ほど城内に戻られましたが」

「どこへ？」

「さ、さあ……」

律也の剣幕に、彼らは困惑したように顔を見合わせた。

わからない。誰がアニーを狙うのか。ラルフだとしたら、どうしてルネが関係する？　黒幕も、その真意もわからなかったが、アニーに関しては間違いなく最後に姿を見ているのは階下にいたルネのはずだった。

「ルネをさがしてくれ！」

叫びに弾《はじ》かれて、ヴァンパイアたちは散っていった。律也の切迫した態度を見て、レイもようやく表情を引き締めた。

「律也様、ルネがどうしたのですか。彼が語り部の石の精霊をどうにかしたというのですか？」

「わからない……。でも、ルネにはずっと変なものを感じてたんだ。どこがどうとはいえないんだけど。耀もレイも、彼がいつもと変わらずに普通に見えるっていうから……ヴァンパイア同士には顔かたちだけじゃなく、オーラや匂いの変化も敏感にわかるんだろう？」

「惑わされる場合もあるんですよ。巧妙に高度な呪術を使われたりすれば……」

そこで、律也とレイは同じ言葉を思い出したように顔を見合わせた。いま、この城で騒ぎになっている〈変異の術〉――。

しかし、名も知れぬ間者ならともかく、まさか長の側近である〈一の者〉が呪術の傀儡になっているなんて、常識では考えられない事態だった。

「急ぎましょう」とレイに促されて、律也は走りだした。東條も「アニーはルネに攫われたのかい？」とあわててついてくる。

もしルネが何者かの手先になっているとしたら、もう城内にはいないかもしれなかった。どこをさがしたらいいのか見当がつかなかったが、レイは従僕をつかまえて櫂とアドリアンのいる部屋をたずねた。長たちは会談の最中のはずだった。

「お待ちください。ただいま、誰も入れるなと……」

目的の部屋に辿《たど》り着くと、警護に止められたが、レイが「さがれ！」とかまわずに扉を勢いよく開けた。

「――どうした？」

室内で会談をしていた櫂が、突然現れた律也たちに驚いたように目を瞠る。アドリアンも立ち上がり、「おやおや」と片眉をあげた。

「皆様そろって、なにをそんなにお急ぎかな。もしかして、きみたちもうちの〈一の者〉にご不満があるのか。たしかに至らないところは多々あるけど、そこが可愛げでもある男なんでね。いま、事情を聞こうとしてたところだ」

アドリアンの視線の先を見ると、そこには律也たちが必死になってさがしていた人物——ルネがきょとんとした様子で長たちが座っている椅子のそばに立っていた。

おそらく今朝のルネの情報漏えいぶりがあまりにも目に余ったので、櫂が話し合いのなかでそれとなくアドリアンに伝えたのだろう。事実を確認するために呼びだされたに違いなかった。

ルネは律也たちを見て、怯えたように瞬《まばた》きをくりかえす。

「ど……どうなさったんですか？　わたしは皆様のご不興をかわないように努力したつもりでしたのに、やはりご不満でしたか。律也様、アドリアン様にはいわないと、約束してくださったじゃないですか」

弱々しく訴えられて、律也は一瞬迷った。

すべて勘違いかもしれない。目の前にいるのは、〈一の者〉にしては気が弱く、頼りないところもあるけれども、決して大それたことなどできないヴァンパイアだ。

いや——やっぱり彼だ。

ヴァンパイア同士にもルネの異変がわからないのに、どうして律也に察知できるのか。

なぜならば、自分のなかの青く澄んだ浄化者の力がそう教えてくるのだ。彼は何者かに変容している、と。

ドクン、と心臓が高鳴る。からだのなかのいままで止まっていた器官が動きだすように、得体の知れない大きな力に導かれるようにして、律也は室内に足を進め、ルネのすぐ目の前に立った。

「――アニーをどこへやった？」

「は、はい？」

「とぼけるな。アニーをどこへやったんだ？　きみが下にいるときに、アニーは塔の階段を下りてきただろう？　どうしたんだ」

律也が問い質すと、ルネは真っ青になった。

「いったいなんのことを仰ってるのか、わけがわかりません。濡《ぬ》れ衣《ぎぬ》です。助けてください」

救いを求めるような視線を向けられて、アドリアンは困ったようにルネと律也を見比べた。

「……律也くん。僕はよく状況が把握できないんだが、さすがに見当違いじゃないのか。語り部の石の精霊のように強大な力をもつ者を、このルネにどうこうできるわけがないだろう」

どういう方法を用いたのかはわからない。だが、ルネがなにかやったことは間違いないと律也は確信していた。

しかし、ルネひとりの意志ではないはずだ。背後にいるのが誰なのかがわからない。

もしかしたら、いま弱ったような顔を見せているアドリアンが、ルネにアニーを捕えるように命じたのかもしれないのだ。目的までは現段階では推測できないけれども。

だが、もっと怪しいのは――。

「お待ちください！　ただいま、会談中です……！」

再び警護のヴァンパイアが部屋の前で叫ぶのが聞こえた。やはり静止をきかなかったらしく、扉が乱暴に開かれる。

現れたのは〈アケディア〉の長、ラルフだった。ナジルも後ろに控えている。

「おやおや、千客万来だ」

アドリアンがあきれたように呟くのを聞きながら、律也は険しい表情になった。

そうだ、もっとも怪しいのはこのひとだ――とラルフに視線を移す。

アニーがもしあの記録に書いてあるヴェンデルベルトという精霊だとしたら、一番動機があるのはラルフだった。かつて一緒にいた浄化者に求婚していたというのだから、アニーに因縁があるとしたら、彼しかいない。

ラルフは目を閉じたまま、眉間に皺を寄せて室内に入ってきた。

そのときだった。ラルフがなにか口を開こうとした途端に、ルネの表情がぴくりと動いた。

「わたしはわたしは、わたしは、アドリアン様、アド……」

あっというまの出来事だった。ルネは突然、意味不明な声をあげたかと思うと、がくんと揺れて、床に崩れ落ちた。

そのまま動かなくなる。まるで壊れた人形のようにうつろな表情で天井を見つめていたが、ルネの瞳はもはやなにも映していなかった。

「ルネ？」

アドリアンがあわてて倒れ込んだルネを覗き込む。

時間を早送りしたように、ルネの白くつるりとした肌が急速に土気色になり、澄んだ空色の瞳が濁った。やがて吐き気を催すような、腐乱した肉の臭《にお》いが漂う。

いったいなにが起こったのかわからなかった。誰も状況を把握できない。そこにはただルネだった肉塊があった。

「ルネ……？　これは――」

部下のあまりの変わりように、アドリアンは茫然《ぼうぜん》としていた。律也も声を失う。

やはりルネは何者かに操られていた。ということは、アニーも人為的に連れ去られたのだ。どこにいるのか。まったく気配が感じられない理由はなぜだ？

「これも〈変異の術〉の一種です。……ルネはすでに彼であって、彼ではありませんでした」

皆が困惑しているなか、ラルフが静かに歩み寄ってきて、見えない目でルネを見下ろす。

「魂が引き裂かれたあと、器だけが動いている状態だったのです。何者かに支配されていたのでしょう」

「ルネではなかった……？」

「彼の意識は壊れていた。何者かに侵入されて……たぶん自分ではどうしようもない状態に

あったのでしょう。混乱していたはずです」

やはり氏族の内情をぺらぺらとしゃべったりしたのは、本来のルネではなかったのだ。

それにしても——と律也は胸のなかで膨らんでいく疑念を抑えきれなかった。

タイミングがよすぎる。ラルフが部屋に入ってきた途端に、ルネは倒れた。〈アケディア〉の間者だといわれるヴァンパイアも、ラルフが結界を破って城に入ってくると同時に亡くなったことが発覚した。自殺か他殺か。どちらにしても口封じのように思えてしまう。

「……あなたがやったんではないのですか」

律也の口から洩《も》れたその一言に、周囲が驚いたようにざわめく。さすがにこの場で一氏族の長を犯人扱いするのは軽率だった。だが、アニーが捕えられているかと思うと、体面がどうのこうのという配慮はできなかった。

「わたしが……？」

「間者は、あなたがこの城を訪問する口実のために仕込まれていた。そしてルネは、あなたの顔を見た途端にこのありさまだ。なぜですか」

「無礼な——」とナジルが叫ぶのを、ラルフは「よいのだ」と止めた。

「疑惑をもたれるのも仕方ない。——律也殿、わたしたちがきたのは、忌まわしい呪法を感知したからです。この者は、わたしたちがいきなり入ってきたので、遠見の術ですべてを見透かされたと思って、術者が器を見捨てたのです」

「じゃあ、間者の件はどうなんです？　あなたが仕組んだのではないのですか」

「………」

ラルフは黙り込んだ。否定できないのだ。間者に関しては後ろめたいところがあるに違いなかった。

アドリアンが「そうなのか……？」と重い声でたずねた。長としては見過ごせない反応のはずだ。

ナジルが「おやめください」と制するのをきかず、ラルフは諦観したように答えた。

「たしかに間者は〈アケディア〉の者です。でも、わたしがこの城にくるために忍び込ませたのではない。彼が亡くなるなんて思いもしなかった。わたしは〈ルクスリア〉の城で邪悪な呪法が行われる動きを遠見で察知したから、それを調べたくて間者を送ったのです。闇の術師たちが〈ルクスリア〉を狙っていたから」

アドリアンは厳しい顔つきになった。

「なぜ、わが氏族を？」

「覚えがおありでしょう。あなたは一部の術師のあいだでは『死神』と呼ばれている。いつ寝首をかかれてもおかしくなかったはず」

痛いところを突かれたのか、アドリアンは蒼白となっただけで反論しなかった。ただちに側近を呼び、城内のさらなる警備の強化とこの地に潜伏しているかもしれない術師たちの調査を命じる。

続けて、ルネの亡骸《なきがら》をこれ以上腐乱がすすまないように、別室に移して対応するようにと伝えた。アドリアンは毅然《きぜん》とした態度だったが、その横顔はかすかにこわばっていた。

ルネの遺体が運びだされるのを、ラルフは誰よりも痛ましいものを見るような表情で見送っていた。その見えない目になにが映っているのか。

「わたしはそもそも間者に〈変異の術〉など施していないのです。ごく普通に目眩ましの術で諜報活動をさせていたはずだった。おそらく自分たちが探られていると知った術師が、わたしの間者を捕えて、禍々《まがまが》しい呪術を行ったのでしょう。その異変を察したから、少々強引なやりかたで、こちらの城にきたのです。間者を殺したのは、ルネです。いや……ルネであったものです。彼は〈一の者〉で階級が高いから、城内でどんな動きをしても、彼を咎《とが》められるものは少ない。少々変わりもので知られていたから、迂闊なことをしても見過ごされたでしょう」

間者はもともとラルフが忍び込ませたものだが、禁術を行ったのはアドリアンに恨みを抱く術師たち。ルネも彼らに操り人形にされていた……？

ではアニーは？

間者とルネのことは、アドリアンへの恨みだとラルフの説明で納得がいく。だが、アニーはまったく関係ないはずだ。

もっともらしいことをいって、全部ラルフの謀《はかりごと》だという可能性もある。恨みをもつ術師たちをさらに操っているものがいるとしたら？

「アニーをどこへやったんです」

律也が詰め寄ると、ラルフは困惑したように眉根をよせた。

「アニー……？　あなたの精霊の……？」

「とぼけないでくれ。アニーをどうするつもりなんです。いま、この世界に彼の存在がまったく感じられない。いったいなにをしたんです。アニーはあなたを知ってた……！」

「アニーが、わたしを……？」

「――ヴェンデルベルト」

ラルフの顔色があきらかに変わった。

「アニーっていうのは、俺がつけた名前なんです。彼は昔の名前を忘れていたから」

「……あなたの語り部の石の精霊は、ヴェンデルベルトなんですか？」

「――わからない。でも……」

確認する前に、アニーは消えてしまった。だが、ラルフを見たときの反応を鑑《かんが》みると、そうとしか思えない。

ふと、律也はアニーが以前の記憶の断片を口にしていたことを思い出した。

「……そうだ。アニーは、俺の前に一緒にいた浄化者と約束していたみたいだった。たぶんそのひとが人魚を見たいといっていて……湖沼地帯の、境界線の向こうの湖を見せると――そういう話を聞いたことはないですか」

ラルフの目が見開かれた。思い当たるところがあったのか、見えないはずなのに、そのライムグリーンの瞳は明らかに遠い日の記憶を追っていた。

「――知っています……。クリストフは人魚を見たがっていた。わたしはヴァンパイアだから、人魚とは協定があって、水妖の地には入れない。人魚がこちら側の湖にたまに紛れ込んでくることがあるから、そのときに見えるかもしれない――そういったら、クリストフは笑っていた。『大丈夫。ヴェンデルベルトが境界線の向こうの湖に連れていってくれるから』と。『ヴェンデルベルトとふたりだけの約束なんだ。彼は「ヴァンパイアには無理でも、俺には連れていくことができる」っていってたから』と悪戯《いたずら》っぽく話してくれて……」

アニーが人魚を見せると約束していたのは、クリストフ……。

やはりアニーの昔の名前は、〈知識の塔〉の記録にあったヴェンデルベルトなのだ。ラルフが求婚した浄化者のクリストフが前のアニーの――語り部の石の持ち主なのだ。

困惑する律也の前で、ラルフは唇を震わせながら目を閉じた。銀色の長い睫毛《まつげ》のあいだから涙がこぼれおちて、静かに頰を濡らす。

「わたしが語り部の石の精霊に危害を加えるはずがない。わたしのクリストフが大事にしていた精霊なのだから。わたしはずっと彼をさがしていたのです」

ルネの遺体はその日のうちに手厚く葬られた。

ヴァンパイアとして散ることができないのは残酷で美しくない――そういったアドリアンに仕える者が、禁術の呪法の犠牲になってしまったのだから皮肉な結果だった。

ルネは側近のなかで一番付け込まれやすかったから、標的にされてしまったらしい。

長年、〈ルクスリア〉に恨みを抱いてきた術師たちの一派は、何十年にもわたって復讐の機会を待っていた。彼らはかつての術師狩りの手を逃れた者たちで、各地に潜伏し、〈変異の術〉に改良をかさね、新しい呪法を生みだした。その忌まわしい成果を憎きアドリアンの城内で披露してやろう――というのが今回の一連の事件の動機だった。

櫂と律也が城を訪問する機会にタイミングを合わせたのは、混乱を大きくするためだった。おそらくルネを使って、まだなにかするつもりだったのだろう。

悪しき術師たちに対抗できるような術師が〈ルクスリア〉に残っていないのも、事態を大きくする原因だった。ただ術師側の大きな誤算は、〈アケディア〉の長のラルフが突然城に現れたことだった。

実は、ラルフがアドリアンの城に同行させていた者たちは側近のナジルを除いて、すべて強大な術師たちだった。自分の氏族の間者に禍々しい呪術を施した勢力に対抗するために連れてきたのだ。

ラルフが協力を申し出たおかげで、アドリアンはほどなく今回の事件の首謀者たちを明らかにすることができた。悪しき術師たちは〈ルクスリア〉の地の北の森に根城をかまえていた。ラルフが連れてきた者たちが、〈ルクスリア〉に入ったときから呪術の形跡を追っていて発見したのだ。ただし全員、すでに生きてはいなかった。アドリアンに捕らわれたらどうせ処刑されることがわかっていたから自害したらしい。

事件そのものは一気に収束した。その後の積極的な協力を評価して、アドリアンはラルフが自らの城に間者を忍び込ませたことに関しては不問に付すとのことだった。

アニーはいまだに見つからなかった。櫂に頼んで、律也は術師たちの北の森の根城にも足を運んだ。危険だからといわれたが、少しでも可能性がある場所はさがさずにはいられなかった。

北の森は問題の術師たちだけでなく、流れ者が多く棲みついている一帯で、暗く深い森のなかは妖しい魔法のにおいに満ちていた。

櫂は最初、律也を連れていくことを了承しなかったが、熱意に押し切られたかたちだった。ラルフの術師たちはもちろん、〈スペルビア〉と〈ルクスリア〉のヴァンパイアたちにも警護されての捜索となった。

　耀も同行し、隣を歩く律也が少しでも離れようものなら、すぐにその腕を引く。アニーが帰ってこないのも心配だったが、耀や周囲に負担をかけていることが申し訳なかった。

「耀……ごめん。あてもなくさがすのにつきあわせて」

「律が謝ることじゃない。語り部の石の精霊と浄化者は強く結びついているから、きみが必死になるのも無理ない。主として仕えてくれる精霊を大切にするのは当然のことだ」

　最初は反対していたのに、耀は律也の気持ちを充分に理解して汲《く》んでくれていた。主と精霊の関係を大事なものとして捉えているのだ。それはたぶん耀が自分に仕えてくれる者たちに同じように配慮しているからに違いなかった。

「アニーを大切にしてたのかな……俺は――」

「きみが大切にしてなければ、偉大な精霊がペットみたいに子狼姿になってなつくこともないはずだ。あんなのは珍しいと前にもいっただろう？」

　耀がおかしそうに笑うのを見て、律也は少しだけ救われた。

　出会ってからまだそれほど経っていないのに、不思議とアニーとは長い時間を一緒に過ごしたような気になっていた。

　正直、いつも呼びかけに応えてくれるわけではないし、出てきてくれても勝手気ままだし、律也の思うとおりになるわけではない。でも、青年でも子狼でも――どんな姿で現れても、アニーがそばにいるとなごやかな気持ちになれる。なによりも自分の胸もとにペンダントの石としてあるだけで、どれだけその存在感に守られてきたのか——いなくなって初めて思い知った。

「それにしても、術師たちが今回の一連の犯人なら、わざわざ語り部の石の精霊に手をだしたとは思えないんだが……彼らは精霊の真の力を知っているから、下手に手出しはしないはずだ」

耀のいうとおりだった。初めはラルフが絡んでいると推測したからこそ、因縁のあるアニーが計画的に攫われたのかと思った。だが、彼が無関係ならば、ルネを傀儡としていた術師たちがアニーを真っ先に標的にするとは考えにくい。

アニーはいったいどこへ——。

結局、北の森の術師たちの根城にも、アニーの気配はなかった。なぜ、どうやって消えてしまったのか皆目見当がつかなかった。


北の森から帰ってきた夜、律也はラルフから話があるとサロンに呼びだされた。

ラルフはひとりで待っていた。ナジルさえいなかったので、律也は警護のためについてきたレイに控えの間で待っていてくれるようにお願いした。

レイが退出したあと、ラルフは微笑んだ。

「ここにいてもらっても、かまわなかったのですよ。わたしにはもう聞かれて困ることはなにもない。語り部の石の精霊について話したいのです」

「教えてください。アニーがどこにも見つからないんです。少しでも手がかりになることを知っているんだったら……」

アニー、と呼ばれると、ラルフは少しピンとこない顔を見せた。律也が「ヴェンデルベルト」といわれてもしっくりこないのと同じ感覚なのだろう。

「浄化者と語り部の石の精霊は深く結びついているのですね。わたしのクリストフもそうでした」

ラルフはゆっくりと瞼を開けると、その動かない瞳を過去に向けるようにしながら語りだした。

「わたしはヴェンデルベルトをさがしていました。クリストフが失われてしまってから、彼の行方も知れなかった。〈スペルビア〉の伴侶になったあなたが語り部の石の精霊をもっていると聞いて、なにか手がかりがつかめないかと思った。招待状をしつこくお送りしたのはそういう理由からです。もしかしたら、ヴェンデルベルトかもしれないと……望みをかけて」

「どうしてそんなにアニーに会いたいんですか？　あなたに仕えてた精霊じゃないのに」

「クリストフの最期を知りたいからです。わたしは彼を伴侶にしたいと願っていた。彼は最初、わたしを拒絶していました。契約もなしにこちらに攫われてきたので、ヴァンパイアを憎んですらいた」

ラルフは、クリストフがどこの氏族のヴァンパイアに連れてこられたのかは知らないという。ただ酷《ひど》い扱いを受けていたようで、クリストフは「薔薇の匂いを嗅いだだけで、吐き気がする」といって昔のことは決して語らなかった。

「語り部の石の精霊を連れている男がいると噂を聞いて、わたしがオオカミ族の街に会いにいったのがそもそもの始まりです。クリストフはとび色の髪と瞳をもつ美しい青年で、一目で惹かれました。最初はまともに顔さえ見てもらえなかった。わたしはたびたび彼に会いに通い続けました。十年ぐらいたつと、『あなたも飽きないな』といってもらえるようになった。次の十年で……やっと笑ってくれるようになった。あと十年たったら、伴侶になってくれると約束しました」

いくらヴァンパイアが不老不死といってもずいぶん気が長い話である。自分と櫂だってそんなには待っていない。欲望が主食であるヴァンパイアとしては稀有《けう》なケースだった。

「待ったんですか……？」

「ええ——というよりも、ただ契約の儀式をしていないだけで、彼とはすでに肉体的には結ばれていたのです。いやいやながら……最初は『吐き気がする』といわれて近づかせてもらくれなかったが、次に会ったときに彼のほうから誘ってきた。わたしを嫌悪しながらも、クリストフはその血と精が必要だったから。肉体の時間を止めるために」

夜の種族の世界に無理やり連れてこられて、嫌悪していたヴァンパイアと不本意に関係をもってまでクリストフは長生きしたかったのだろうか。

律也が首をかしげると、ラルフは苦笑した。

「語り部の石の精霊と一緒にいたからですよ。『彼と一緒にいるために俺は長生きしなきゃいけないんだ』といっていました。わたしとは仕方なく関係していたのです。自分が死んだら、彼がひとりになってしまうから。わたしのことは『利用してるんだ』と堂々といいはなっていました。でも、そんなところも憎めなくて、わたしはますます彼に惹かれた。何十年か経つうちに、クリストフもわたしにようやく心を開いてくれるようになった。そして、とうとう伴侶になることを承知してくれたのに――彼はある日突然、姿を消してしまった。二年ほどたってから戻ってきましたが、別人のようになっていた」

「別人……？」

「全身から禍々しい気を発していた。彼の放つ気は本来、わたしを豊かにしてくれるはずだったのに、すっかり変わっていました。わたしはその毒々しい気を浴びて、失明した。彼は苦しんでいるようで、『俺を見るな』といっていた。……そのとおりになった」

律也はぞくりとした。浄化者がそんなふうに変化するのは初めて聞いた。

「なぜ、そんなことになったんですか?」

「詳細はわたしにもわかりかねるのですが……」

あくまでラルフの推測だが、おそらくクリストフはヴァンパイアの氏族の長の伴侶になろうとしたことで、邪な考えをもつ者の注意を引いてしまったのだろうということだった。浄化者を手に入れたいと願う何者かに捕えられ、拷問され、いうことを聞くように命じられ、彼の精神は壊れた。

「浄化者の気は夜の種族に活力を与え、力を澄んだものとし、気分を高揚させる。……だから、反対にいえば、力がマイナスを帯びれば、相手の気力を奪い、力を濁らせ、死に至らしめることも可能なのです。浄化者の力を攻撃的に使うというのは、そういう意味です。浄化と破壊、両方をうまくコントロールできればいいのですが……間違えば、ただ単に相手の肉体と精神を汚染するのみになり、破壊者と呼ばれる。クリストフの場合は失敗して破壊者となってしまったので、拉致した相手も手を焼いたのでしょう。夜の種族にとっては、一緒にいるだけで命を削られる」

〈破壊者〉――なんとも嫌な響きだった。ヴァンパイアは散って消えるのが美学だというが、浄化者は死ぬときにはどんなふうになるのだろうとずっと疑問だった。存在そのものが負――クリストフのようになってしまう場合もあるのか。

「いったんはわたしのもとに戻ってきたが……わたしを失明させたあと、クリストフは再び姿を消しました。どんなに手を尽くしてさがしても、見つからなかった。おそらく亡くなったのだと思います。まったく彼の気配が感じられなくなったから。最後まで一緒にいたのは、語り部の石の精霊のはずです」

ラルフはそこまで語ると、小さく息をついた。

「ここからは浄化者のあなただからこそお伝えしなければいけないと思って話すことなのですが……わが氏族は〈閉ざされた氏族〉と呼ばれています。外部と接触をもたず、貴種も生まれずに人数が減っている氏族だと……。これには、三百年前のクリストフの件が関係しています。クリストフが戻ってきたとき、わたしをはじめ多くの貴種が彼に接触してマイナスの気を浴びました。〈破壊者〉の力の影響で、わたしはもう人界に自らの血をつなぐことができないのです。契約者を作っても、その血すじに貴種が覚醒しない。うちの高位の貴種はほとんどがそうです。だから人界にはかかわらず、氏族の小さな世界を守って生きている。新しい始祖候補が生まれないため、争って殺しあうのは無駄以外の何者でもありません。だから、代替わりをしないのです」

「………」

律也はとっさに周囲を見回してしまった。誰かが聞いていると困ると思ったからだ。貴種が生まれない。これは氏族の最大の弱点といえるのではないか。

律也の落ち着かないそぶりを見て、ラルフは「いいのですよ」とかぶりを振った。

「もう代替わりをしないことはすでに先日皆様に伝えてしまっているでしょう。氏族間で争うようなことがあれば、事実を知られていようがいまいが、もはや関係はない。幸いなことに氏族の特性の能力には影響がないので、遠見と結界破りが我らを守ってくれる」

そうはいっても、いままで知られてこなかった事実だ。ラルフが自分を信頼しているからこそ、こんな話をしてくれているのだという意思が伝わってきた。

先日、律也はアニーがいなくなったことに動揺して、ラルフの事件への関与を疑った。だから、ラルフは律也の信頼を真摯《しんし》に得るために、自らの秘密を曝けだそうとしているのだ。

神妙な顔になる律也を前にして、ラルフは穏やかな口調で続けた。

「……長としては失格ですが、わたしはもう他氏族と張りあう気はないのです。〈閉ざされた氏族〉として接触を断っていれば、なんとか体面は保てますが、それも無駄なことに思えます。ただ、クリストフを壊したものはなんだったのか、どういった術が用いられたのか――わたしは知りたい。クリストフの変異の理由だけでもわかれば、氏族の血が根付かない原因もわかるかもしれない。クリストフのためにも、氏族のためにも――だから、ずっと語り部の石の行方を追うとともに、妖しい呪術の動きも見張っていたのです」

それでアドリアンの城での動きにもいち早く気づいたというわけなのか。

いまのいままで、もしかしたら術師たちをさらに操っていた存在がいたのでは？　それはラルフなのではないかと疑う気持ちを捨てきれずにいたが、一気に氷解した。誰かを疑うのではなく、いまはとにかくアニーを見つけることを優先して考えなければいけない。

「……アニーはどこにいると思いますか」

できることなら、なんでもしたい。ラルフにも協力を仰ぎたかった。先ほど語ったクリストフへの彼の想いは本物だろう。ならば、彼はアニーを傷つけようとしない。

「そのお話をしようと思っていたのです。うちの術師たちが、あらたな呪法の痕跡を見つけました。語り部の石の精霊は、〈知識の塔〉でいなくなったのですよね？　ルネは城に戻ってすぐに長たちに呼びだされていますし、城内に隠す時間も、その痕跡もありませんでした。精霊はたぶん〈知識の塔〉から出ていません」


〈知識の塔〉の扉を開けると、旧い書物の匂いが出迎えた。建物内にはラルフが連れてきた術師たちがなにやらあわただしげに螺旋階段をのぼったり下りたりしている。

律也の後ろには櫂、アドリアン、レイ、そして東條が続いていた。

「もうすぐ準備が終わるところです」

術師たちは階段に呪文を書いている。不思議な匂いの香が焚《た》かれ、鼻孔をくすぐった。

「ほんとうに語り部の石の精霊がここにいるのか？」

擢は厳しい顔つきでたずねた。ラルフはおっとりと微笑む。

「ここであっても、ここではない場所ですが——〈世界の境目〉に彼は落ちていると思われます」

ラルフの説明はこうだった。傀儡のルネは、〈知識の塔〉で律也たちが資料調べをしているあいだ、下で呪法の準備のため怪しげな動きをしていたと思われる。それにちょうどアニーが出くわして封じ込められた、というのだ。

「普通なら、語り部の石の精霊を捕えて、封じ込めるのは難しいはずですが、呪術の準備をしていたところにたまたま語り部の石の精霊がきたのです。要するに、準備中の落とし穴に意図せずハマったという感じですね。この螺旋階段に呪法のあとが見られるので、ルネはどこかに通じる道をつくろうとしていたのだと思います。途中で終わっているので、目的地はわかりませんが、もしかしたら北の森の術師の根城かもしれません。ただ途中で精霊がきたので、呪法を中断した。まだ出口の通じていない穴のなかに彼は落ちたのです。そして、こちら側の入口も封じられ、どこでもない世界に閉じ込められた」

「それが〈世界の境目〉……」

「そうです。入口と出口の間です」

わかったようなわからないような説明だったが、単純に子狼姿のアニーが、ルネの掘りかけの穴に落ちたと考えると、すんなりとイメージ映像として頭のなかに再生された。

みなも同じだったらしく、東條などは「落とし穴にハマる偉大な精霊なんているのか」とぼそりと呟いた。アニーの名誉のために、「いいすぎですよ」とたしなめてから、律也は表情を引き締める。

「助けにいく。どうすればいいんですか」

「……勇ましいけれど、少々危険が伴いますよ。大丈夫ですか？」

「俺が主だから」

主張する律也の横から、櫂が「待ってくれ」と止める。

「危険とはどういうことだ。術師たちがやってくれるんじゃないのか。そのために準備してるんだろう？」

「境目に通じる穴は術師が開けますが、そこを通って呼びにいくのは、相手をよく知っている者でないと無理なのです」

「俺も語り部の石の精霊は知っている。俺が行く」

「櫂……」と訴えたが、櫂は険しい目をして「律は駄目だ」とかぶりを振った。

ラルフは弱ったように首をかしげた。

「でも、あなたの呼びかけに答えるかどうかわからないでしょう。それに……精霊は、たぶん境目に落ちた途端に、自我をなくしています。こちらの世界にいるときは、主を拠り所にして、その姿かたちや人前に現れるときの人格を保ちますが、〈世界の境目〉にいってしまっているのですから、いったんその感覚が途切れています。精霊にはもともと個の意識がない。だから、元の彼になって戻ってくる可能性のほうが少ないくらいです」

ラルフの説明を聞いて、律也はあらためてショックを受けた。この世にまったくアニーの気配が感じられないのは、そのせいなのか。

「仕方がありません。あなたたちの話を聞いていると、彼はわたしの知っているヴェンデルベルトともまるで別人です。おかしなことではない。語り部の石の精霊とはそういうものなのです。主や、その時々の周囲の環境を自身に鏡のように映す。だから、変幻自在の能力をもつのです。覚悟しておいてください」

元のままのアニーを取り戻すためにはやはり自分が行くしかないのだ——と律也は決心した。

「櫂、やっぱり俺が行く」

「律……駄目だといってるだろう。きみをそんな危険な目に遭わせるわけにはいかない」

「俺じゃないと、アニーは戻ってこない。お願いだ、櫂——俺はアニーを取り戻したいんだ。俺は彼の主なんだから」

櫂は困ったように眉をひそめた。さぐるように律也の目を見つめたあと、どうしても気が変わらないと悟ったのか、「わかった」と唸《うな》るように声を絞りだした。

「俺も律と一緒に行くわけにはいかないのか」

「穴の入口までは行けます。その先に進むのは律也殿ひとりでお願いします。〈スペルビア〉の長は、律也殿を呼び戻すのに協力してくださらい。律也殿の自我もばらばらになるかもしれないので、それをひとつに集めるのはあなたが最適です」

ばらばらになる——と聞いて、普段動じることのない櫂がさすがに目を瞠って表情をこわばらせた。「駄目だ」といわれないように、律也は櫂の腕にすがりついた。

「櫂、お願い。俺を呼び戻すには櫂が必要なように、アニーには俺が必要なんだよ。俺が名づけた精霊だ」

ひとの上に立つ長として、櫂は主従の絆を無視できないはずだった。気難しい顔でしばらく考え込んでいたが、やがて苦渋の決断を下した。

「——わかった、きみが望むなら」

同意が得られたところで、ちょうど術師のひとりがラルフに「準備が終わりました」と告げにくる。

「……では、はじめましょうか。〈スペルビア〉の長と律也殿はこちらへ。ほかの皆様は床に描かれた円のなかに入って、そこから出ないでください」

床には魔法陣のような円が描かれている。

香の匂いがいっそう濃厚になった。螺旋階段にところどころぶら下げられているランプの灯りが、上から順番に消されていく。至るところに呪文を描かれた螺旋階段は、なぜかそれ自体が青い光を帯びていた。階段の呪文はそれぞれ赤い光を放っている。

階段をのぼりながら、ラルフが手順を説明した。

「いったん天辺までのぼってから、階段を再び下りていきます。下りるときには、この螺旋階段は〈世界の境目〉につながっています。階段があるところまでは、わたしも〈スペルビア〉の長も同行できます。その先は、律也殿ひとりです」

律也はごくりと息を呑んで頷いた。ラルフがちらりと櫂を見る。

「あなたは、決して律也殿を追っていってはいけません。律也殿が戻れなくなって、あなた自身も消滅してしまいます。わたしと同じ場所にとどまって見守るのです」

やがて天辺へと辿り着いた。先日、資料を閲覧した部屋はなぜか消えていた。振り返ると、螺旋階段だけがぼんやりと光っていて、あとは真っ暗だった。階段がまるで地の底に続いているかのようだ。

ラルフは目を閉じたまま階段を下りていく。律也たちもそれに続いた。

先ほどみんながいたはずの階下がまったく見えなくなっていた。魔法陣も、そのなかにいるはずのレイたちの姿も確認できない。ただ螺旋階段をとりかこむようにして、術師たちが円陣を組んでいた。かれらが呪文を唱和するたびに、螺旋階段に書かれた文字が浮き上がり、生きもののように回転する。

術師の呪文を唱える声と、飛びまわる文字に囲まれながら、律也たちは地の果てへと続くような階段をひたすら下りた。

もうレイたちがいる場所に着いてもいいはずなのに、階段は終わらなかった。やがて術師たちの姿も見えなくなった。暗闇のなかに青白く浮き上がる螺旋階段だけが不気味に延々と続いている。

あたりは静寂につつまれ、自分の心臓の音がやけに大きく響いて聞こえた。これほど階段が長く続いているわけがない。ここはもう通常の世界ではなく、術師たちが開けたという穴に入っているのだと実感した。肌にふれる空気からして違う。

「――ここまでです」

先頭のラルフが足を止めて振り返った。ラルフの足元で、階段は途切れていた。その先には深くねっとりとした闇が横たわっているだけだった。ほかにはなにも見えない。

櫂が律也の肩を抱き寄せて、顔を覗き込んできた。

「律、いけるのか」

「大丈夫。俺はアニーを連れて戻ってくるから」

律也は大きく頷き、最後の一段へと下りる。心臓の鼓動が早くなったが、深呼吸をすると静まった。

「――いってらっしゃい」

ラルフの声に背中を押されるようにして、律也はもう一歩足を踏みだした。ふわりと宙に浮くような感覚があった。からだが闇へと溶けていく。

そこはなにも無くて、すべてが在る場所だった。

夜の闇のように深く、生まれる前にいた場所みたいに安らかで、からだをやさしく包み込む。暗い水の底に沈んでいくようだった。

〈世界の境目〉に呑み込まれた瞬間、律也の意識は周囲に砕け散って、水泡のように無数に細かくなって漂った。闇に抱擁されながら、しばらく流されるままになっていると、呼ぶ声が聞こえた。

(律也殿――周りを見てください)

(律、大丈夫か)

ラルフと櫂の声だった。だが、飛び散った意識は分裂したままだった。深い闇の一部と化してしまったように、自分がどこにいるのかもわからない。やがて呼び声も聞こえなくなった。

ばらばらになった律也の意識は、暗闇の空間を漂い続けた。おそらく櫂にもラルフにももう自分の姿は見えていないだろうと思われた。

なにをしにきたんだっけ……。意識のひとつが考える。すると、砕け散った意識が呼応するようにして、「なにをしにきたんだっけ」とくりかえす。

（そうだ、アニーだ。アニーを呼び戻さなきゃ）

（そうだ、アニーだ。アニーを……）

木霊《こだま》のように思念があたりに響くなか、律也は不思議な光を見た。闇のなかで七色にきらめく光。

こんな場所で虹が見えるのか。ぼんやり考えていると、律也の胸もとに下げているペンダントの石が光を反射するように輝いた。

虹色の光を頼りにして、バラバラになっていた意識が本体に集合した。律也は胎児のようにからだを丸めながら闇のなかを再び漂った。

オーロラのような光のカーテンが周囲に次々と現れては消えていく。七色のそれは、律也のペンダントの石とやはり呼応しているようだった。

アニーがいなくなってから、石が光ることはなかった。炎のような光は見えない。代わりにいまは、七色の光が石全体を覆っていた。

『ヴァンパイアは夜から生まれし者――』

ふいに七色のオーロラの向こうから、鈴を振るような声が響いた。

どこからか水音が聞こえてくる。先ほどまるで生まれる前の羊水のなかにいるようだと思っていたが、いまやほんとうにそこは暗い水底へと変化してしまったかのようだった。

なぜなら、七色のオーロラのカーテンをくぐるようにして、人魚が現れたからだ。人魚は水中を泳ぐように闇の空間を優美に尾びれを振って進みながら、律也のそばへと近づいてくる。七色の鱗をもつ人魚。

律也が湖沼地帯の境界線の向こうの湖で出会ったのと同じ少年の人魚だった。口許にやけに色っぽい黒子《ほくろ》がある。

人魚はうたうように囁く。

『世界の果ては、世界の終わりではなく、べつの世界のはじまり。ここが夜の世界の終わりならば、それは水の世界のはじまり。あなたたちの果ては、水の世界とつながっている』

「なに……？」

『あなたに鱗を与えました。〈七色の欠片〉』

「この石のなかにきみが入れた……？　〈七色の欠片〉っていうのか……？」

律也がペンダントを示すと、人魚は笑いながら頷き、手を伸ばしてきた。

『あなたが必要だと思うときに、こうして取りだすことができます』

人魚がペンダントにふれると、石のなかから七色の鱗がでてきた。鱗かと思ったら、やはりそれは律也の掌《てのひら》に載せられた途端に七色の薔薇の花弁へと変化する。

『わたしが手にすれば鱗でも、あなたが手にするときには薔薇の花びらになる。世の中の事象は見る人によって異なる。七色の欠片はその象徴。あなたに変幻自在の力を与える――』

人魚が律也の手からそれを指でつまむと、たしかに一瞬にして鱗に変化する。

『この一枚で、盲目の長の目を治すことができますよ。彼を蝕《むしば》んでいる〈破壊者〉のマイナスの気も取り除ける。でも、それに使うかどうかはあなた次第。〈七色の欠片〉の数には限りがある。よその氏族の長を助けたいと思わないのなら、お好きになさい』

人魚の指から離れると、〈七色の欠片〉は再び律也のペンダントの石のなかへと吸い込まれていった。

人魚は優雅に泳ぐように周辺を漂ってから、すっと律也の背後を指さした。

『そして、あなたが探している者はあちらにいる。ただし、もう元のかたちをとどめていないので、覚悟なさい。彼が呼びかけに応えたら、〈七色の欠片〉の一枚を取りだして与えるのです』

人魚が示す方向を振り返ると、赤い光の塊があった。燃え盛る炎のごとく、周囲に強烈な太陽のような光を放っている。それは、まさに巨大なエネルギーの塊だった。

「アニー?」

律也は呼びかけながら、光の塊に近づいていった。なにも応えはない。

「アニー!」

大声で呼んでみても、光の塊はまるで憤っているように炎の火柱をあげる。

「アニー、俺と一緒に戻ろう――！」

光の塊は近づけば近づくほど巨大になり、いつのまにか律也が見上げるほどの大きな球体になっていた。

これがほんとうにアニーなのだろうか。まったく原型をとどめていない。いや、精霊にはもともと個のかたちはないのだ。

「アニー、応えてくれ……！」

（嫌だ……！）

ひときわ大きな太陽フレアのような燃え上がりを見せたかと思うと、球体はさらに巨大化して、そのまま律也を呑み込む。

光の塊に取り込まれると、アニーの記憶が律也のなかに流れ込んできた。

いや、これはアニーと名づけられる前の記憶だ。まだヴェンデルベルトと呼ばれていた頃の――。

（嫌だ！　嫌だ！　俺はもう戻らない）

アニーの叫び声を聞きながら、律也はヴェンデルベルトの過ぎ去った日々を漂った。

クリストフとの出会いは、オオカミ族の酒場だった。彼は賭けポーカーに勝って、語り部の石を手に入れたのだ。オオカミ族に所有されているときはただの石だったが、クリストフが持ち主になると語り部の精霊は目を覚ました。

過去には英雄と旅したこともある偉大な精霊――ヴェンデルベルト。

「舌を噛みそうな名前だから、略してヴェンって愛称で呼んでもいいか」

そんな失礼なことをいう浄化者の青年を、ヴェンデルベルトは初めから気に入っていたわけではなかった。

「名はかたちをつくる。ちゃんと呼ばないと、俺はいまのかたちをなくす」

「そういうものなのか」

クリストフは「へえ」と感心したように唸った。いままでの持ち主は、自分が目覚めると、皆賞賛し、敬《うやま》ったものなのに、彼にはそんなつもりは一切ないようだった。

それでも一度注意すると、クリストフはきちんと名前を呼び、二度と略さなかった。

「ヴェンデルベルト、ヴェンデルベルト」

名はかたちをつくるといったからか、名前を呼び続ければ、ヴェンデルベルトが大きく育つとでも勘違いしているようだった。

最初はうるさいと思っていたのに、時が経つにつれてその呼び声はなによりも大切なものになっていった。

クリストフと一緒にいるようになってから、ヴェンデルベルトはほとんど石のなかに戻らなかった。ふたりで過ごしたなつかしい日々——。

「ヴェンデルベルト、ヴェンデルベルト」といつも楽しそうに名前を呼んでいたクリストフは、とくに語り部の石の精霊の特殊な力を必要とはしていなかった。彼はたったひとりで攫われてきた夜の種族の世界で、ただ相棒が欲しいだけだった。いつしか精霊にとっても、孤独な浄化者の若者がすべてになった……。

ヴェンデルベルトの視点なので、律也には本人がどんな姿をしているのかはよくわからなかった。ただオオカミ族の街をクリストフと並んで歩いているとき、ヴェンデルベルトが窓ガラスに映った自分の顔を眺めたことがあった。

一瞬だったが、たしかに〈知識の塔〉にあった記録の通り、叡智《えいち》を感じさせる美貌の持ち主で、賢者のような雰囲気があった。黒髪で表情が違うからぱっと見の印象は異なるが、面差しは現在の人型のアニーと通じる——と律也は思った。

なんにせよ、ヴェンデルベルトは自らの姿に興味などなかったらしく、鏡を見ることもなかった。瞳はつねに、自由奔放な浄化者の青年——クリストフを映していた。

ただしこれが精霊に見える世界なのか、クリストフがすらりとした体形の若者だとはわかるのだが、つねに青い光を全身に帯びているので、細かい顔かたちはよく見えなかった。たぶん精霊の目には、その者のもっているエネルギーがそのまま映るのだろう。青いフィルター越しに覗いているような、奇妙な感覚だった。

それでも顔の輪郭や、よく笑う目許《めもと》から美しい顔立ちをしているのだろうとは察しがついた。不思議なことに、目の表情だけは確認できた。記述のようにとび色の髪と瞳をしているのかはわからなかったが。

やがて、ヴェンデルベルトとクリストフのふたりだけの日々は終わりを告げる。クリストフが〈アケディア〉の長のラルフと出会うのだ。

クリストフは初めラルフを——ヴァンパイアそのものを嫌っていた。

だが、少年の頃に夜の種族の世界に攫われてきてから早や十年以上、こちらの世界は人界よりも時間の流れがゆるやかだったが、いくら浄化者とはいえ、誰とも契約していなかったクリストフは確実に年をとっていた。

そしてラルフと出会った直後に、ちょうど体調を崩して寝込んでしまったことがあった。具合が悪くなるという感覚がわからなくて、ヴェンデルベルトは病んだクリストフを見て動揺した。

単純に皮膚を切ったり骨を折ったりの怪我《けが》なら精霊にも治せたが、内臓の疾患は別物だった。気分が苦しくないように楽にするのが精いっぱいで、自分の力が及ばない事実に怯えた。

「クリストフ、大丈夫か。苦しくないか」

心配して手を握ると、クリストフは「大丈夫だよ」と握り返してきた。

普段はその万能感から落ちついていて、理知的に見えるヴェンデルベルトがおろおろするのを見て、クリストフはなにかを決意したようだった。以前はいつ死んでもいいと思っていた。だけど、いまはもう死ねない……と。

そして無事に体調が回復したあと――次にラルフが会いにきたとき、クリストフは彼と寝た。

理解できずに、ヴェンデルベルトはクリストフを問い詰めた。

「どうしてヴァンパイアと寝るんだ」

「だって、きみのそばにずっといるためには、これしか手段がない。俺もヴァンパイアは嫌いだ。昔、酷い目に遭ったことがあるからな」

ヴァンパイア嫌いのクリストフがラルフと寝たのは、その血と精をからだのなかに定期的に入れれば、不老を手に入れられると知っていたからだった。

「俺と一緒にいるためか」

「そうだよ。これで俺は長く生きられる。きみをひとりにしないために」

自分のため――といってもらえてうれしかったが、ヴェンデルベルトはクリストフとラルフが抱きあうのを目にするのは好きではなかった。

しかし、そもそも精霊には人型をとることができても、実際の生殖機能はなく、性欲もわかない。人間や夜の種族たちの肌のまじわりそのものが感覚として理解できない。それなのにヴェンデルベルトはどうしてこれほどクリストフとラルフのまじわりを自分が不快に感じるのか不思議だった。

初めのうち、クリストフはラルフに対してなんの感情もなかった。だが、ラルフはヴァンパイアにしては珍しく力で相手を制するような男ではなかった。美しく物静かな男は、ひたすら誠実にクリストフの元に通ってきた。「伴侶になれ」と強制することもなく、クリストフに「俺はあんたを利用してるだけだ」とすげなく突き放されても、「それでもかまわない」と笑っていた。

肌のつながりは、時間の経過とともに情を育て、魂の絆をつなぐ。やがてヴェンデルベルトだけに向けられていたクリストフの笑顔は、ラルフにも向けられるようになった。

ヴェンデルベルトはどうしたらいいのかわからずに、ラルフが訪れたときにはふたりの仲睦まじい様子を見たくなくて、石に籠ることが多くなった。

それでもふたりきりのときはクリストフとの関係は昔のままだった。オオカミ族の居住地を転々としながらの生活も変わらず、次はどこにいこうかと話しあった。

「人魚を見たいな。まだ湖沼地帯にはいってない。あそこはヴァンパイアの別荘地があるから、ほかのやつに見つかると怖いからな」

「ヴァンパイアは水妖の地には入れない。そこなら、ほかのヴァンパイアに会うことはない。人魚がいるのは境界線の向こうの湖だ。俺なら連れていける」

「ほんとか？　でも綺麗だけど、人魚は怖いんだろう。きみが俺を守ってくれるのか？」

「美しい湖を見せてやろう。ヴァンパイアには連れていけない場所だ」

ラルフにもできないことを見つけた——とヴェンデルベルトは誇らしかった。自分はクリストフを抱くことはできない。だけど、誰よりも深くつながっている。

だが、そのやりとりがあってしばらくしてから、ヴェンデルベルトはクリストフから「ラルフの伴侶になる」と告げられた。長い歳月をかけて、ラルフはとうとう彼を口説き落としたのだ。

「なぜだ。伴侶にならなくても、たまに奴に会えばいいだろう。それで寿命は延びる」

「でも、彼は何十年も待ってくれてるんだ。これはすごいことだよ」

「ヴァンパイアにとっては、そんなに長い時間じゃない」

「ラルフはほかのヴァンパイアとは違う。それに……彼は、きみに似てるじゃないか。やさしくて、物静かで賢い。だから好きになったんだ」

ヴェンデルベルトは茫然としてクリストフを見つめた。自分がなににショックを受けているのかわからなかった。でも、それだけはいってほしくなかった。

（彼は、きみに似てるじゃないか）

似ているからラルフを選んだというのなら、なぜ自分では駄目なのか。どうしてふたりだけでいてくれないのか。

ラルフの伴侶となったクリストフのそばに、ヴェンデルベルトの居場所はなかった。まだ相手がオオカミ族だったらよかったのに——と考えずにはいられなかった。オオカミ族は人間より長命とはいえ、いずれ死に至る。だが、ヴァンパイアは不老不死だ。ヴェンデルベルトとクリストフのあいだに、ラルフは永遠に割り込んでくる。

当時暮らしていたオオカミ族の街で、道を歩いている子狼の姿を見つめながら、ヴェンデルベルトは獣の姿になればよかったと思った。

こんな人型になったから、間違ったのだ。小さな獣の姿なら、クリストフがヴァンパイアの伴侶になろうとなにも気にせずにいられただろう。きっと無邪気にそばにいられた……。

その後のヴェンデルベルトの記憶はどうやら嫌な出来事だったらしく、ほとんど失われていた。残っていても細切れになりすぎていて、なにが起こったのか理解できない。

ただクリストフの悲鳴だけが聞こえてきた。魂が絶望するような叫び声——。

クリストフは何者かに捕えられ、酷い目に遭わされたようだった。彼はほぼ正気を失い、魂は壊れ、〈破壊者〉となってマイナスの気を発するようになった。

存在するだけで周囲の者の力を奪うので、やがてクリストフのそばには誰も近寄れなくなり、監禁されるだけの生活が続いた。ヴェンデルベルトはクリストフと引き離されていたが、ようやく彼の居場所を突き止めて救いだした。

クリストフがラルフに一目会いたいというので、〈アケディア〉の地へと連れ帰った。だが、クリストフの力は、ラルフの視力を奪い、そのからだを蝕んだ。

自分が存在するだけで、近づく夜の種族は生命力をなくす。もうどうしようもないと悟ったクリストフは自らラルフのもとを離れて、〈アケディア〉の地をあとにした。ヴェンデルベルトだけが彼に付き従った。

「ヴェンデルベルト……きみは、俺のそばにいてくれるのか」

「もちろんだ。ずっと一緒だ」

その言葉を伝えるのがどれほど嬉しかったことだろう。それこそがもっともヴェンデルベルトの望んでいることだった。

だが、〈破壊者〉としてのクリストフの力は、ヴェンデルベルトさえも壊しかけていた。

以前はその青い浄化の気が、精霊としての力を増してくれた。いまはただ消耗し、奪われていくばかりだった。かつて眩いばかりの青い光に覆われていたクリストフは、いまやどす黒く、濁った瘴気《しょうき》の塊のようだった。

やがてヴェンデルベルトは石の外に出て、人型をとるのも難しくなった。ついこのあいだまでは、ずっと石のなかに戻らなくても大丈夫だったのに。

人型になるたびに、ヴェンデルベルトの霊的エネルギーは失われていった。だが、できる限り、石の外に出て、クリストフのそばにいた。自分がいなければ、彼がひとりになってしまうからだ。

クリストフはヴェンデルベルトの手を握りながら、子どもみたいに泣いた。

「俺とこのまま一緒にいたら――ヴェンデルベルト……きみまで消えてしまう」

そんなことはかまわないのに――と思った。自分はクリストフのそばにいるためだけに存在しているのだ。ほかに目的などなかった。

もはや青い光などなくても、クリストフの瞳からこぼれる涙が宝石にように輝いていて眩《まぶ》しかった。こんなに美しい光は見たことがなかった。

「大丈夫だ。俺は一緒にいるから……」

ほかのものが消え去っても、俺だけは――そういいつづけたが、ヴェンデルベルトはとうとう人型をとるだけの力もなくなり、石から出られなくなった。

「ありがとう、ヴェンデルベルト」

最後に聞いたのはその言葉だった。このままでは精霊が自分のために消滅してしまうと考えたクリストフは、石を置いて去ってしまったのだ。

ヴェンデルベルトはかろうじて意識の消滅を免れて、石のなかで長い眠りについた。マイナスの気を大量に浴び続けたおかげで、過去の記憶は薄れ、名前も思い出せなくなり、かつてのヴェンデルベルトとしての形は無になった――。

（嫌だ！）

空間を割るような叫び声が響く。

（嫌だ嫌だ嫌だ――俺は守れなかった。守れなかったんだ）

「アニー！」

過去の日々を漂ううちに、律也はなかばヴェンデルベルトに同化してしまっていた。ようやく旧い記憶から抜けだして、本来の目的を思い出した。

「アニー、迎えにきたんだ。俺だよ。ここは〈世界の境目〉だ。きみは落ちたんだ。一緒に戻ろう」

（嫌だ！　もう呼ぶな）

失われた記憶が甦ったせいで、アニーは混乱していた。律也以上に過去に入り込み、ヴェンデルベルトとしての意識が彼を苛《さいな》んでいた。

（俺は守れなかったんだ。役に立たなかった。クリストフはひとりで死んだんだ。だから戻らない。おまえのこともどうせ守れない。俺はなにもできない）

万能だったはずの精霊の無力感。ヴェンデルベルトとしての過去を見てきた律也には、アニーの心情が痛いほどよくわかっていた。

ヴェンデルベルトがどれほどクリストフを大切にしていたのか。どんな思いで一緒にいたかったのか。

（なにもできない、なにもできない……！）

アニーの絶望した思念が直接心のなかに入り込んできて、胸が引き裂かれそうになる。それでも律也は懸命に訴えるしかなかった。

「アニー。お願いだ、なにもできなくたっていいんだ。役に立たなくたっていい。俺のそばにいてくれよ。一緒に戻ろう」

（嫌だ、もうほっといてくれ）

このままではアニーは、ヴェンデルベルトの記憶に呑み込まれてしまう。永遠にこの場所にとどまって自分を責めつづけることになる。そんな生き地獄に彼をおいていけるはずがなかった。

「……アニー。きみはもうヴェンデルベルトじゃないんだ。きみ自身がそういったじゃないか。『おまえのために、俺はアニーになったんだ』って」

どうしても戻ってきてほしくて、律也は必死に叫ぶ。

「アニー！」

突如、光の球体から弾きだされ、律也は暗闇のなかを勢いよく飛ばされた。猛スピードだったので、このままどこに行ってしまうのかわからない。恐怖に怯えたそのとき、光の球体から大きな火柱があがった。

それは巨大な手となって伸びてきて、律也のからだを力強く摑《つか》む。

「アニー……」

人魚の言葉を思い出して、律也はペンダントの石をこすった。すると、七色の薔薇の花びらがふわりと出てきて、アニーの意識である光の球体に吸い込まれていく。

赤く燃えるような光が、七色に変化した。

次の瞬間、からだが飛んでいかないように摑んでいてくれたはずのアニーの大きな手は消滅し、律也の腕のなかに小さな子狼の姿が残った。

「アニー、アニー……！」

律也がぎゅっと抱きしめると、アニーはしばらく無言でされるままになっていた。やがていやそうな目をして見上げてくる。

『うるさいぞ、おまえ。感激の対面に浸っている暇はないんだ。これ以上、〈世界の境目〉にいると、偉大な精霊の俺はともかく、おまえは戻れなくなるぞ』

「………」

律也は幾ばくかのとまどいを覚えずにはいられなかった。先ほどまでヴェンデルベルトとして苦悩していたとは思えないほど、アニーはいつもどおりの調子だったからだ。しかし、いまはそれを問い質している暇はない。

「どうすればいいいんだ？」

『誰の元へ戻ろうとしてるんだ？　そいつが呼んでくれる』

誰の元へ——と考えた瞬間、暗闇のなかにかすかに光り輝く白い翼が見えたような気がした。

「櫂……」

思わず呟くと、途方もなく広い空間のなかで櫂と意識がつながったのがわかった。

（律……律、どこだ）

櫂の声が聞こえた方向へ、律也はからだの向きを変えた。すると、見えない力に引っ張られるように暗闇のなかをするすると進んでいく。

先ほどの不思議な人魚をさがしたが、すでにどこにも姿がなかった。

闇の空間を漂っていると、再び白い翼が見えた。一瞬で消え去ったが、櫂のいる方角がわかった。自分に遠見の力などないはずなのに、どういうわけか櫂が目印になるように真っ白な翼を広げている光景が確認できたのだ。

浄化者の青い気を浴びて、生え変わるたびに力を増し、美しく豊かになっていく白い翼。漆黒《しっこく》の闇のなかでも、それは律也を導くように光り輝く。ほかになにもなくとも、ただそれを目指していけばよかった。

やがて青白く光り輝く螺旋階段と、そこに並んで立っている櫂とラルフの姿が見えた。

無事に戻ってこられたのだ。階段の直前で、律也は安堵のあまり気が抜けてからだがよろめきそうになった。耀が腕を伸ばして、力強くからだを抱きよせてくれる。

「律——」

感極まったような声と、幼い頃から魅了され続けてきた薔薇の匂いに包み込まれて、律也はようやく愛しいひとの手のなかに還ってきたことを実感する。

腕のなかのアニーが、耀に律也ごと抱きしめられて居心地が悪そうにもぞもぞと動いた。

『おい、あとでやれ。へぼい術師たちが開けた穴なんて、すぐにふさがる。永遠に出られなくなっても知らないぞ』

アニーに急《せ》かされて、律也たちは螺旋階段をのぼった。やがて術師たちの呪文を唱和する声が聞こえてくる。一段一段のぼるごとにそれは音量を増した。

気がつけば、いつのまにか律也たちは〈知識の塔〉の一階に到着していた。

「律也様——！」

「よかった、律也くん。アニーも無事なんだな」

魔法陣のなかで待っていたレイや東條、アドリアンが笑顔で出迎えてくれた。なつかしい顔を見た瞬間に、律也は今度こそ全身の力が抜けてその場に倒れそうになった。

アニーは〈世界の境目〉から帰ってきたあと、「疲れた、もう限界だ」とすぐに石のなかに戻ってしまった。

どうして〈世界の境目〉に落ちたのか。石に引っ込む前に説明してくれたところによると、あの日、皆が書物を読んでいるので、アニーはやはり退屈して螺旋階段をぶらぶらと下りていったらしい。階段の途中でルネが呪文を書いているのに遭遇し、「なにをしてるんだ」と問い質したのだ。

ルネが呪法で拘束しようとしたので、アニーはそれをはねつけたが、反動で中途半端に開けられた穴に落ちてしまった。

ラルフが予想したとおり、ルネはどこかに通じる道を作ろうとしていた。精霊の邪魔が入ったので、いったん計画を中止し、城に戻ったところをアドリアンたちに呼びだされた――という流れだった。

〈世界の境目〉からの帰還後、律也もアニーと同様に消耗していて、三日間ほど寝込んだ。からだにまったく力が入らず、意識が朦朧《もうろう》とした状態が続いた。寝台で目覚めると、いつも櫂の姿があって、心配そうに顔を覗き込んでいた。

「律――林檎《りんご》をすりおろしたものだ。食べられるか？」

スプーンを口もとに運ばれて、からだがだるくて辛《つら》いのに、律也は笑みをこぼさずにはいられなかった。

「……櫂、俺が子どもの頃とまったく同じことをいう」

幼い頃、風邪をひくたびに櫂は律也にこうして林檎のすりおろしを食べさせてくれたのだ。

「もう……林檎は嫌いだったか」

櫂が困ったように眉根を寄せるのを見て、律也は「ううん、大好きだよ」とかぶりを振った。

スプーンを口にいれると、林檎の甘さが喉に心地よかった。ひとさじごとに櫂の愛情がからだに沁《し》み込んでいくようだった。

やがて律也が床から起き上がれるようになると、アドリアンの城は何事もなかったように平和を取り戻していた。

まるで悪い夢から覚めたみたいだった。アニーの話が伝聞されたのち、アドリアンをはじめ〈ルクスリア〉の人々はやはり復讐を企んでいた術師が、北の森の仲間の根城と空間をつなげて、さらなる悪事を働こうとしていたのだろうと判断したらしかった。犯人である術師たちはすでに皆自害していたので、これ以上は追及することも叶《かな》わず、事件は一応幕引きとなった。

最初は三日の予定だったが、律也の体調が万全になるまで滞在は延ばされた。

部屋を出てサロンでお茶を飲めるようになるまで回復した頃、律也のもとにアドリアンが大量のお菓子の差し入れとともに見舞いにやってきた。

「律也くん、今回はほんとうにすまなかった。ルネのせいで、語り部の石の精霊もきみも大変な目に遭った。どんなに詫びてもすまないくらいだ」

アドリアンは律也を前にすると、優雅なしぐさで手をとり、うやうやしく手にくちづけた。そばにいたレイがいまにも嚙みつきそうな形相になったが、律也は目線で「まあまあ」と制した。

いつもと変わらないように見えるが、アドリアンも確実に疲弊していた。ここ数日の出来事を思えば無理もないだろう。笑顔でごまかしているが、目の下には深い翳《かげ》りができていた。

「俺はもう大丈夫です。それよりルネは……もうルネじゃなかったんだから、あなたが謝ることはないです。悪いのは彼に呪法をかけた術師なんだから。ルネは被害者です」

城を訪問した夜に間者が殺されて、〈アケディア〉の長が現れて、アニーがいなくなって——怒濤《どとう》のように一連の事件が起こったので、いままでルネの死を深く悼む時間もなかった。

この城にきたときにはルネはすでに術師の傀儡になっていたのだから、本物の彼に会ったのはカフェでの一回だけだ。なんて落ち着きのないヴァンパイアだろうと思った。〈一の者〉にしては珍しいと……。おどおどしながら赤くなった顔が印象的だった。

たった一回だけなのにこれだけ鮮明に覚えているのだから、長のアドリアンには比べものにならないほどたくさんの彼の記憶があって、そのひとつひとつが今回の事件で傷ついているに違いなかった。

「……きみにそういってもらえると、返す言葉がないな。——ルネにとって、僕はいい主じゃなかった。長だから逆らえないだけで、きっと恨まれていただろうな。かわいいものは、ついイジメたくなるというかね。根っこがひねくれているんだな。ルネがあんな醜い姿になってしまったのを見たとき、いままでのすべての業が、自分に跳ね返ってきたと思ったよ。術師たちではなく、僕が彼を死に追いやったのだとね」

アドリアンにしては珍しい弱音だった。いつでも気障で、独自の美学にこだわっていそうな彼がこんな姿をさらすとは思わなかったので、律也は当惑する。レイも意外そうだった。

櫂の伴侶になってから、ヴァンパイアたちの主従関係を——レイと櫂、そしてフランとカインのつながりを見てきたから、いまでは律也にもはっきりとわかることがある。

「でも……ルネはあなたを恨んでなんかいなかったと思いますよ。ヴァンパイアにとって、長は絶対なんです」

ルネはアドリアンのことを「まったくアドリアン様は……」とあきれた口調でいいながらも慕っていたに決まっていた。己が主と決めた者に対する忠誠と絆は断ち切りがたい。ヴァンパイアではないけれど、クリストフとヴェンデルベルトの絆もまた同じように……。

アドリアンは驚いたように律也を見て、苦笑した。

「きみにヴァンパイアとしての心意気を諭《さと》されることになるとは思ってもみなかったよ」

「失礼だったらすいません」

「いやいや、己を取り戻した。きみは不思議なひとだね。これも浄化者の力か」

律也がよけいなことをいわなくても、アドリアンはすでに同じ過ちをしないように己を戒めて行動に移している。

　櫂から聞いたところによると、アドリアンはラルフが連れてきた術師たちを――今回の事件の解決に協力し、律也がアニーを連れ戻せるように〈世界の境目〉への穴を開けた彼らの労をねぎらったらしい。忌まわしい呪法を嫌悪することと、術師そのものへの対応は分けて考えるべきだったと――数十年前に行った術師狩りのことを反省していると謝罪したようだった。彼らの口からその話が少しでも広まって、これ以上の憎悪の連鎖がくりかえされないことを律也としては祈るばかりだった。

　気障なパフォーマンスに惑わされがちだけれども、フランの事件のときの対応といい、要の部分では誠実さを垣間見せるアドリアンを、律也は嫌いではなかった。以前は小競《ぜ》り合いもしていたが、氏族の長としての櫂との関係も良好に保てることを願う。

　アドリアンは立ち去る前に、「そうだ」と思い出したように律也を振り返った。

「もう具合がいいようなら、〈アケディア〉の長にも会ってやってくれないか。ぜひ話をしたいといっている。語り部の石の精霊とも一緒に昔語りをしたいとね」

『――嫌だ』

石から子狼の姿になってでてきたアニーに、ラルフが会いたがっていると伝えると、むくれた様子でそっぽを向かれた。

せっかく体力が回復して、石の外にでてこられるようになったのに、呼びだされた用件はそんな内容かとご立腹のようだった。

『俺はラルフなんてやつは知らん。どうしてそんなやつと昔語りをしなきゃいけないんだ』

〈世界の境目〉でヴェンデルベルトの過去を見てきた律也は、アニーがなぜラルフを知らないというのか理解できなかった。

たしかに律也の前に最初に現れたときは、アニーは過去の名前も、かつてどんな姿であったのか、誰と一緒に過ごしていたのかも忘れていたのだろう。

しかし、〈世界の境目〉で律也が見たものを、アニーも同じく目にしたはずだった。

「知ってるだろう？　クリストフに求婚したヴァンパイアだよ。彼はきみをずっと探していたんだ。その――クリストフと最後まで一緒にいたのはきみだから、話を聞きたいって」

アニーは「ふん」と鼻を鳴らして、膝の上にのってくると、いやがらせのように手足をばたばたとさせた。

「アニー……どうしてなんだ」

『…………』

動きをぴたりと止めて、アニーは律也を見上げてきた。訴えかけるような瞳に、息を呑む。

『——俺はアニーとして戻ってきた。もうヴェンデルベルトとしての意識は欠片としてあるだけで、ところどころ残っている記憶も別人のようなものだ。だから、おまえが〈世界の境目〉でなにを見たのだとしても、俺に伝えるな。俺はアニーだ。おまえがそういったんだ』

〈世界の境目〉で、アニーに戻ってきてほしくて、律也はたしかにこういった。「きみはもうヴェンデルベルトじゃないんだ」と。そういわなければ、アニーは戻ってこなかった。

胸の底がひきつれるような痛みを覚えながら、律也はアニーの頭をそっとなでた。

「……わかったよ、アニー」

アニーはしばらくすると石のなかに引っ込んでしまったが、ラルフにクリストフの話をするのはかまわないと告げた。自分は石に閉じこもってなにも聞こえないようにしているから、彼には知りたがっていることを教えてやってくれ、と。

ラルフが期待に満ちた顔つきでサロンに入ってくるのを見て、律也は申し訳ない気持ちになった。

「レイ、悪いけど——」

誰に会うにしてもレイが警護のために付き添っていたが、前回と同じようにラルフとふたりきりにしてもらった。

レイが退出したあと、ラルフは律也の向かい側のソファに腰かける。律也の隣に語り部の石の精霊がいないとわかって、彼の表情に落胆が刻まれた。

「語り部の石の精霊は、まだ石の外にでてくることができませんか」

「俺も体調を崩したぐらいだし、アニーもしんどいみたいです。それに……アニーはもう……ヴェンデルベルトの意識は別人のようだと――」

律也がいいにくそうにしていると、ラルフはすべてを察したように微笑んだ。

「かまいませんよ。わたしは精霊がそういうものだと知っています。あなたが彼を呼び戻したんです。語り部の石の精霊はもうあなたのアニーで、クリストフのヴェンデルベルトではない。そういうことでしょう?」

そうはいっても、クリストフの最期を知りたがっていたのだから、ラルフは直接ヴェンデルベルトと話をしたかったに違いない。

律也は〈世界の境目〉で見たことをできるだけ詳細に、ラルフが知りたがっている出来事を選んで語った。

ヴェンデルベルトの切ない想いは伝えることはできなかった。クリストフがラルフに惹かれてから、どれほど彼が精霊としてしかそばにいられないことに哀しみ、苦悩したのかは――それは、ラルフが知らなくてもいいことだ。アニーは「彼が知りたがっていることを教えてやってくれ」といった。

「……クリストフは、自身が〈破壊者〉になって、夜の種族たちの生気を奪ってしまうとわかっていても、あなたに会いたいから〈アケディア〉の地に戻ったんです。でも、あなたを失明させて……氏族のほかの人々も傷つけるだけの存在になったと知ったから、姿を消したんです」

ラルフは律也の一言一言を決して聞き漏らすまいとするように熱心に聞いていた。

「やはりわたしのためを思って消えてしまったのですね。……わたしはかまわなかったのに。氏族から離れて、ふたりでどこか遠くにいってもよかった」

しかし、クリストフはきっと氏族の長であるラルフにそんなことは望んでいなかったのだろうと思った。

「あなたのいうとおり、アニーが……いや、ヴェンデルベルトがずっと一緒にいました。できる限りずっと……霊的エネルギーが削られても、無理をして人型になって……石のなかから出てこられなくなるまで、クリストフを守りました」

「そのあとは……？」

「――わかりません。俺が見えたのは、アニーの意識があるあいだまでなので」

最後はクリストフが精霊の消滅を畏れて、石を手放してしまったことを伝えると、ラルフは「彼らしい」と呟いた。美しいライムグリーンの瞳が潤む。

ラルフはかなり長く生きているヴァンパイアなのに、人間のように涙を見せる。おそらくクリストフはこういうところにも惹かれたのだろうと思った。

「クリストフはあなたの元を離れても、決してひとりじゃなかった。アニーが覚えてる最後の彼の言葉は『ありがとう』なんです。だから……きっと」

安らかな死を――といおうとして、ふいに込み上げてくるものがあった。言葉に詰まってしまうのは、ヴェンデルベルトの意識が我がことのように感じられるからだった。

アニーはもう別人だといったが、代わりに律也がその痛みをひきついだ。〈世界の境目〉で見た記憶が魂の底に根づいている。

ありがとう――と石を置いていってしまったクリストフのやさしさ。だけど、ヴェンデルベルトは自分が消えてしまっても、彼とずっと一緒にいたかった。

押し寄せてくる記憶の感情に揺さぶられて、こらえきれずに、律也は嗚咽《おえつ》を漏らした。これはアニーの涙だと思った。自分はアニーの代わりに泣いているのだ。

律也が顔を手で覆うのを見て、ラルフは微笑んだ。

「わたしからも『ありがとう』をいわせてください。かつてヴェンデルベルトと呼ばれていた、あなたの精霊に……クリストフのそばにいてくれて、感謝してもしきれないと」

「――伝えます」

アニーは石のなかで聞こえないようにしているといったが、このやりとりは伝わっているのではないかと思った。ペンダントの石がほのかに温かくなったからだ。

「律也殿にもお礼をいわなくては……これで、わたしを三百年捕えていた気がかりのひとつは消え去った。ありがとう。それにしても……〈世界の境目〉は不思議なところですね。櫂殿には追いかけては駄目だといったが、クリストフの過去がそんなふうに鮮明に見えるなら、わたしも行ってみたかった」

たしかに摩訶不思議な場所だった。暗い水の底のようだったが、生まれる前に還ったような、深い闇になぜかあたたかくつつみこまれる感触。

「鮮明というか、アニーの目を通してなので、精霊のフィルターがかかってるんですよ。人物の顔かたちよりも、オーラというか、その人物のエネルギーのほうがよく見えるというか。浄化者は青く、ヴァンパイアは赤みがかっていて……」

ふと、櫂がいっていたヴァンパイアの階級や能力がわかる視界というのも、似たようなものかもしれないと思い至った。

「夜の種族の視界も、相手のエネルギーをはっきりとらえますよ」

「そうなんですね。俺なんかは、アニーの視界で見てもラルフ様の顔は知ってるから、赤みがかっていても人相はわかったんですが、残念ながらクリストフの顔かたちははっきり見えなかった。ぼやけた写真に青のセロハンを張ったみたいで。髪や瞳の色も確認できなかった」

「――わたしなら、それでも彼がわかります。いまは視力がないので、心の目で見ているから、より精霊と近いような気がします」

ひとによって見えるものは違う――。

そう考えたとき、ふいに〈世界の境目〉で会った人魚を思い出した。彼も似たようなことをいっていなかったか。

七色の鱗と瞳をもつ、口許に色っぽい黒子のある不思議な人魚。

あの人魚のくれた〈七色の欠片〉のおかげで、アニーを取り戻すことができた。最初に湖に会ったときにアニーに対して、「あなたと近いもの」といっていたから、もしかしたら彼は人魚のかたちをした精霊の一種なのかもしれない。

湖に棲んでいる者がなぜ〈世界の境目〉に現れたのかという疑問は、精霊の起こした奇跡なのだろうと理解できる。似たような存在のアニーを助けるために出現したのだ。

だが、人魚はなぜかラルフのことも話していた。あんな場面でいきなり「盲目の長を治すことができる」と。助けるかどうかは律也次第だと――。

「律也殿？　どうしました？　まだ体調が悪いのに、無理に話をさせましたか」

心配そうに声をかけられて、「いいえ」と律也はあわててかぶりを振った。

もしかしたら、これは試されているのだろうか。

〈七色の欠片〉が大きな力をもっているのはわかる。だが、ラルフの目を治せるのはいいとしても、〈破壊者〉のマイナスの気を取り除けるといっていたので、おそらく再び人界に血をつなげられるという意味だ。

〈アケディア〉はこの数百年、貴種が増えないために〈閉ざされた氏族〉だった。ラルフを治すことで、長い目で見れば、ヴァンパイアの勢力図が変わる。

目の前の温和そうなラルフが火種になるとは思えない。だが、彼がこれほど穏やかに見えるのは、もはや闘いから下りた、貴種を生みだすことのできない氏族の長だからかもしれないのだ。

自分の決断で世界のバランスを崩すかもしれないのだから、櫂の伴侶として、慎重になったほうがいい……。

そこまで考えて、律也は〈世界の境目〉で見たラルフの姿を思い出した。ヴァンパイア嫌いだったクリストフの心を、長い年月をかけて己に向けさせた彼のやさしさを。

ヴェンデルベルトの目を通しても、ラルフは相手に無理を強《し》いるような男ではなかった。クリストフが惹かれていくのをどうすることもできずに見ていた。

「……律也殿。やっぱり顔色が悪い。わたしはこれで失礼しよう」

ラルフが椅子から立ち上がるのを、律也は「待ってください」と引き止めた。

「ラルフ様。少しじっとしていてください」

ラルフは不思議そうに首をかしげながらも椅子に座りなおした。自分の目で見たものを――いま、目の前にいるひとを信じようと律也は決意した。

大きく深呼吸してから、ペンダントの石を指でこする。すると、〈七色の欠片〉がでてきた。

律也が手にするときは、七色の薔薇の花びらとなる不思議な力。

花弁はふわりと舞い上がって、ラルフの額の中心へと吸い込まれていった。次の刹那《せつな》、ラルフの全身が七色の光につつまれるのが見えた。

光は一瞬で消え、ラルフは自分のからだになんらかの異変を感じとったように、ゆっくりと瞼を開いた。

いままで動かなかった宝石のようなライムグリーンの瞳に生気が宿る。美しい眼差《まなざ》しが律也をまっすぐにとらえた。視力が戻ったらしく、信じられないような顔をしている。

「あなたは奇跡を起こせるのですか……」

律也は「いや」とかぶりを振った。

「そうではありません。あなたのからだからはマイナスの気の影響はすべて消えるはずですが、あなただけ特別です。ほかの者にもう一度やれといっても無理です。そういう力だと思ってください」

追及されるのも、むやみに吹聴されるのも困る――という意図を、ラルフはすぐに察したようだった。

「わかりました。これ以上はなにも訊きますまい。おたずねしてはいけないことのようですから」

はたしてこれでよかったのか――と逡巡《しゅんじゅん》していると、ラルフが眩しいものを見るように目を細めた。

「あなたは懐の深い方ですね。たんに浄化者という魅力だけではなく、〈スペルビア〉の長はいい伴侶をおもちだ。わたし個人はもちろん、〈アケディア〉の長としても、このご恩は忘れません。わたしはあなたの敵にだけはならないと誓いましょう。永遠に――」

視力を取り戻したラルフの瞳が澄んでいるのを見て、律也は自分の決断が間違ってなかったことを悟った。

（――ありがとう）

ほっと息をついたところ、頭のなかに声が響いてきて、「え」とあたりを見回した。いったい誰にお礼をいわれたのか。アニーの声ではなかった。

どこかで聞いたことのある声だった。ヴェンデルベルトの記憶のなかにあったクリストフと同じ声……。

その一致に気づいた瞬間、全身を雷に打たれたような衝撃が走った。まさか……と震える声で確認する。

「ラルフ様。ひとつ訊いてもいいですか。俺はクリストフの顔をはっきりと知らない。とび色の髪と瞳をしていたというけれども、そのとおりですか」

「ええ、とても美しい若者でしたよ」

ラルフは頭のなかにその姿を思い浮かべたように相好を崩す。

「ほかに特徴がありますか。顔が綺麗ってだけじゃなくて、なにか……その……」

「そうですね。口許に黒子があった。抜けるような白い肌なのに——だから、その黒子がよけいに色っぽくて目立ってた」

ばらばらになっていた点と点がつながったような気がして、律也は戦慄《せんりつ》を覚えた。

不思議な人魚も、口許に黒子があった。これはどういうことなのか。

クリストフはとび色の髪と瞳だったが、人魚は違う。銀色の髪と虹色に光る不思議な目をしていた。それに、クリストフは青年だったが、人魚は少年だ。声も違う。

似ても似つかないのに、ふたりの口許には共通の黒子がある。

最初に出会ったときに人魚がアニーにかけた言葉——「わたしはあなたと近いものです」。

あれはもしかしたら霊的存在として近いという意味ではなくて、もっと別の……。

クリストフと最後まで寄り添っていたヴェンデルベルトの姿が脳裏に浮かんできて、律也は再び目の奥が熱くなった。

「律也殿、どうしたのです」

ラルフに声をかけられて、律也は「いいえ」と口許を引き締めた。

最初に出会ったときに、人魚がいっていた奇妙な台詞の意味がようやく腑に落ちた。「我がどういう存在かということは話してはならない」——あのときはなにをいっているのかわからなかったが、律也がたったいま考えたことは決して口外してはならないのだ。おそらく

〈七色の欠片〉はその時点で効力を失う。

「……俺は大丈夫です。すいません。やっぱり少し疲れたみたいです」

ラルフは「それではわたしは失礼しましょう」と立ち上がった。

「ほんとうになんとお礼をいったらいいのか……。律也殿、わたしの助力が必要なことがあったらいつでも声をかけてください。なにをおいても駆けつけましょう」

サロンから出ていくラルフの背中を見送りながら、律也は心のなかで「俺の力じゃない」と呟いた。自分には途方も知れない大いなる力のせいだと——。


律也の体力が完全に回復するまでさらに一週間の時間を要した。

思ったよりもこちらの世界にいる時間が長くなったので、律也は櫂に頼んで慎司《しんじ》に滞在が延びることを伝言してもらった。

旅行が長引いているだけとして、アドリアンの城で起こった事件については知らせなかった。中途半端に伝えて、慎司に心配をかけたくなかったからだ。

昔はなんでも話せたのに、だんだん秘密が増えていく。でも、ヴァンパイアの伴侶となったからには仕方のないことだった。

慎司からの返事はすぐにきた。「夜の季節だから、ゆっくりしてきたほうがいい」との返事だった。それを読むと、どうやら慎司は最初から夜の季節の事情を知っていて、突然旅行に行くのもそれで納得していたようだった。櫂が向こうの家に「しばらく滞在する」といったときに、すぐに「仕事で事務所に泊まるから」と家を出ていったのも、「新婚には邪魔だな」と気遣ったかららしい。

レイに「夜の生活が盛んでなによりです」といわれるのも慣れないが、慎司にまでそんなことで気を遣われるとは……律也は複雑な心境だった。

律也がアドリアンの城にいるあいだ、東條も同じく滞在していた。もっとも〈知識の塔〉に籠りっぱなしで、律也のところにはたまに顔を見せるくらいだったが。

ある日、サロンに現れた東條は、アドリアンの差し入れのお菓子を恐ろしい勢いで食べた。レイが「少しは遠慮しろ」という目で見てもまったくお構いなしだった。

律也の膝のうえには子狼姿のアニーがちょこんと座っている。アニーもだいぶ回復したらしく、最近は呼ばなくても頻繁に石からでてくるようになった。

ラルフがお礼をいっていたと伝えたとき、アニーは「俺にいってもしようがない」と答えた。いったい彼のなかにヴェンデルベルトとしての意識はどのくらい残っているのか。ほんとうに別人のようにしか思えないのか。律也はもう追及するつもりはなかった。本人が「俺はアニーだ」といっているのだから。

ただこうやって子狼姿で満ち足りたように頭をなでられているアニーを見ると、どこかせつない気持ちが漂う。それはいままでなかったものだ。

「そういえば、律也くんは外交上手だね。いま、オオカミ族の街では、〈スペルビア〉と〈ルクスリア〉と〈アケディア〉の三氏族の長が良好な関係を築いたようだと噂になってるみたいだよ」

〈知識の塔〉にずっといるくせにどこから情報を仕入れてくるのか、東條はそんな噂話を教えてくれた。

たしかに櫂たちは長同士で何度か会談の機会を設けているようだった。政治の話なので、療養中の律也は詳しくは知らなかった。

「俺はなにもしてませんよ。ずっと寝てただけなのに。もしくはこうしてサロンでお茶飲んでるだけなんだから」

「でも、きみがいなかったら、こんなに急速に三氏族が接近することはなかった。まあ、アドリアンはもともと国枝櫂の氏族と仲良くしたかったみたいだけど。〈アケディア〉は〈閉ざされた氏族〉だったからね。いったいなにが起きたんだと話題になるのも無理ないさ。どんな魔法を使ったんだい？」

不思議な人魚の魔法を——と律也は心のなかで答えた。

ラルフはまだ目が見えないふりをしている。アドリアンの城を出て、自分の領土に帰ってしばらくしたら、秘密の呪法のおかげで治ったというつもりだから他言の心配はしないでくれとわざわざ律也に伝えにきた。しかし数百年も治らなかったものが浄化者の律也に会ったあとに回復したのだから、さまざまな憶測は呼ぶかもしれないので覚悟してくれ、とも。

それは仕方がない。〈七色の欠片〉を使用した瞬間に、いままでとは世界のバランスが変わり、いろいろな歯車が回りだすのは止められないのだろうと漠然と感じていた。

律也にも、それがいったいどういう方向に行くのか見当もつかないけれども……。

「わざわざ俺に訊かなくても、東條さんは知ってるんじゃないんですか」

「とんでもない。僕にはわからないことだらけだよ。だから、〈知識の塔〉みたいなところがあると、寝食忘れて籠るんじゃないか」

先ほどからものすごい勢いでお菓子を平らげていると思ったら、食事をしていないのか。

「狩人って、食欲はあるんですか」

「いや、これは趣味だね。嗜好品というか、ちょっと疲れたから」

やっぱり謎のひとだ——と思った。

狩人の東條は、とぼけたふりをしているが、いつもすべてを見透かしている気がする。アドリアンに呼ばれて城に滞在していただけで間者が死んだことも知らなかったというが、実は〈変異の術〉が行われていたことを知っていたのではないか。

以前、カインの塵を使用した呪術のときには、狩人たちが動いていた。おそらく世界の秩序を崩すような存在が誕生しそうだったから、調整役の彼らが反応したのだ。では、今回は――？

いまも東條が城に滞在して、〈知識の塔〉に籠っているのは、なにか意味があるように思えてしまう。

額面通りに受け取れないことに、律也はとまどいを覚えた。いつからこんなふうになってしまったのか。でも、自分が考えているよりも世界は複雑だと……不思議な人魚の件でその一端を垣間見てしまったから。

「きみたちはそろそろ帰るんだろう？　だいぶ具合もよくなったみたいだし。僕はもうちょっと残るつもりだが」

「明日には帰るつもりですよ。ほんとうは今日だっていいんだけど、櫂がアドリアンたちと話しあいを重ねているので」

「長同士の密談か。ぞくぞくするね」

東條は楽しそうに笑ってから、ふと傍らに控えているレイに視線を移した。

「ドSくんは今日、静かだねえ。いつもなら、もっと僕に『早く出てけ』とか『律也様のお菓子を食べるな』とうるさくいってきそうなものなのに」

「――黙れ。律也様は病み上がりなんだ。うるさくできるはずがないだろう。見舞いをかねてなかったら、貴様などさっさと追いだしてる」

東條はようやく合点がいったように「なるほど」と頷いた。

「律也くんのためか……。人徳だねえ」

しげしげと律也を見つめてから、東條はふと小声になって「ちょっとソレかして」といつぞやのように膝のうえのアニーを指さした。

アニーが目を閉じて眠っているので、またこの機に乗じて抱きしめようとしているらしい。どうせ嫌がられて騒がれるに決まっているのに——と思ったが、東條が必死に「いまなら、アニーもきみの体調を思いやって、うるさく騒がないかもしれないだろう」と目で訴えてくるので、律也は慎重にアニーを手渡した。

東條も真剣な面持ちで受けとったものの、椅子に座りなおして、頭をなでようとした瞬間、アニーがぞくっとしたように震えて目を開け、「ぎゃあああっ」と叫んだ。

やはり駄目だったか——。東條の腕を逃れて、胸に飛び込んでくるアニーを律也はよしよしと抱きしめる。

「再挑戦」ともう一度腕を伸ばしてくる東條に、レイがとうとう痺《しび》れを切らして「騒ぐなら出てけ！」と怒鳴りつけた。

「いや、そんな牙を剝きだしにしないで、もう少し話をさせてくれたまえよ。律也くんは明日、帰ってしまうんだから。僕はこれからまた〈知識の塔〉に籠るんで、明日は見送れないけど——また大学で会おう」

「そうですね。東條さんも頑張りすぎて倒れないように」

この場所で「大学で会おう」などといわれると、奇妙な感じがした。もうすでに遠い世界のように思えてしまう。

以前、陰謀事件のときにも、夜の種族の世界と人界との違いに愕然《がくぜん》としたが、そのときともまた少し違う。

前回は櫂の伴侶だから、この世界でも生きていくのだと決意した。いまはもっと踏み込んで、自分自身がこの世界のピースのひとつなのだという確信に近いものがある。

「僕は倒れやしないけど、きみはもっと体力つけなきゃいけないね。これから大変そうだから。きみが他氏族のお城を訪問したら、なにか起こるとは思っていたが……ヴァンパイアの氏族の勢力図はこれから大きく動く」

「三氏族が接近したら、なにか起こるんですか？」

「以前も慎司さんが話したのを聞いただろうけど、もともと〈スペルビア〉は〈グラ〉という氏族とは親しい。だから、もし〈ルクスリア〉と〈アケディア〉がそれに加わったら、四つの氏族が足並みをそろえることになる。ほかの氏族はどうするかね」

律也は残りの三つの氏族のことはよく知らない。ただ、七つのうち四つが固まるというのなら、数の論理のうえで重要だというのはわかる。

東條はレイが睨みつけるのにもかまわず、再びテーブルの上の焼き菓子に手を伸ばした。

「それともうひとつ――気になることがある。傀儡になったルネは、〈知識の塔〉にいったいどこへ通じる道をつくろうとしていたんだと思う？」

北の森の術師たちの根城だったのだろうと推測されているはずだった。術師たちがすべて自害してしまっているので、真実はわからない。もし、違っているとしたら、いったいどこへ――。

「東條さんはなにか知ってるんですか？」

「知ってたら、わざわざきみに問いかけるわけがない」

東條は心外そうに答えた。いまだに〈知識の塔〉に籠っているのは、ひょっとしたらルネのつくろうとしていた道の行く先を調査しているのか。

「北の森につながっていたのかもしれないし、そうでないのかもしれない。僕にはわからないことだらけだよ。まあ、今回の一件はこれで決着だから、きみがそんなに難しい顔をすることはない」

表情を曇らせる律也を見て、東條はとぼけたふうにいいながら焼き菓子を口のなかに放り込んだ。

アドリアンの城からの帰途、湖沼地帯の別荘に立ち寄りたいという律也の望みを櫂はきいてくれて、数日間滞在することになった。

湖沼地帯はすっかり夜の季節になっていて、昼前に辿り着いても薄暗かった。先日と同じように、館のなかで世話をしてくれる者も最少人数に絞り、くつろいで過ごせるように櫂が配慮してくれた。

ここで櫂と甘い日々を過ごしたのは、つい二週間ほど前の出来事なのに――。

「律、疲れてないか」

別荘の居間のソファに腰かけると、櫂は気遣わしげに律也の顔を覗き込む。

「うん、大丈夫」

律也が甘えるように肩を預けると、櫂はかすかな笑いを漏らした。

「どうした？　ずいぶん甘えん坊みたいだ」

「短い間にいろんなことがあったから……」

「そうだな」

櫂は律也の肩を抱き寄せてくれた。ようやくふたりきりになれたことが素直にうれしい。

アドリアンの城に滞在中、櫂には長としての立場があるから、一緒に過ごす時間は限られていた。〈世界の境目〉から帰ってきたあと、律也が寝床から起き上がれないあいだはついていてくれたが、その後は四六時中そばにというわけにはいかなかった。レイやアニー、あるいは東條がいてくれるので淋《さび》しいと感じることはないのだが、燿の不在は誰にも埋められない。

療養中、律也は燿が付き添って林檎のすりおろしを食べさせてくれたときのことを、甘い飴を舐《な》めるようにして何度もくりかえし思い出していた。

こうしてやっと燿を独り占めできる状態になって、もう大人になったつもりだったのに、小さな子どもみたいに甘えたくなってしまう。

「とんだ新婚旅行になったな。アドリアンの城についてから色々起こりすぎて。律の具合を悪くさせてしまったし」

「俺はもう平気だよ。燿だって忙しそうだったじゃないか。疲れてない？」

「夜の季節のせいで、いつもよりも疲れない」

一連の事件が収束したあとも、燿は自分たちの部下に独自に事件を調査させたりしていた。その結果を踏まえて、アドリアンやラルフとの会談を行っていたようだ。

療養中は律也もたずねなかったが、燿たちがどんなことを話しているのかは気になった。

「事件になにか不審な点でもあるの？　アドリアンに長年恨みをもっていた術師たちの犯行じゃないのか」

「いや、不審な点はないよ。アドリアンが術師狩りの件で『死神』と呼ばれていたことに自覚がありすぎて、〈ルクスリア〉はすぐに術師たちのやったことだと断定した。でも、念には念を入れたほうがいいと思って、こちらでも調べただけだ。呪術に関しては、〈ルクスリア〉はアレルギーもちだからね。呪術の旧い資料なんかは〈知識の塔〉にたくさん溜《た》め込んでいるくせに、術師狩りのあとは闇の呪法に通じた術師がほとんどいなくなったから、彼らに術師たちのことを調べるといっても限界があるだろう」

「……それで、なにか見つかったの？」

「見つからない。きちんと裏付けがとれた。術師の一派が、たしかに昔からアドリアンへの復讐を誓って、活動していたとね。あえて気になる点があるとすれば、みんな自害してしまっただろう。綺麗に片づいてしまった。不審な点がなさすぎるのが気になるんだが、事件が終わってなんの不満があるんだといわれればそれまでだ」

律也はアニーがいなくなったことで頭がいっぱいで、事件の決着には深い興味を抱くひまもなかった。だが、櫂は一連の流れを見て、さまざまな角度から検証していたようだ。

よその氏族の城で起こった事件でも、自分たちの訪問時を狙ったとあれば、ひと任せにしておけないのだろう。櫂があらためて氏族の長として重責を担っていることを実感した。

「櫂はなにかほかに気になることがあるのか？」

東條も最後に引っかかる部分があるようなことをいっていたが、櫂もどこか納得してないように見えた。

「気になるといえば気になるところはあるが……今回の件はともかくとして、律も噂で少し聞いてるだろうけど、いまは氏族間の関係がなにかと取り沙汰されている時期だ。前の長のカインが亡くなった——この事実に、いままで様子見をしていた周囲が少しずつ反応しはじめている。カインはずっと長いあいだ君臨していたから、それがいなくなっただけでも勢力図が変わるのに、次の長の俺には浄化者の伴侶のきみがいる」

いままで浄化者がどういう存在なのか、律也にもよくわからなかった。夜の種族にとって魅惑的な気の持ち主という自覚しかなかった。

でも、今回の事件を通じて、単に夜の種族を惹きつけるだけの存在ではないということを識《し》った。

「……浄化者は、〈破壊者〉にもなるって聞いた。夜の種族たちの生気を奪って、傷つける、マイナスの気を発するって」

櫂は少し痛ましげに律也を見た。

「俺もラルフから聞いた。前々から、浄化者になって年数が経つと力をコントロールできて、相手の本質をむきだしにして研ぎ澄まさせる浄化の力とは別に、相手を攻撃するような力も身に付くというのは知られていたんだ。でも、マイナスの気だけになる例は知られていなかった。〈アケディア〉の件で初めて聞いた」

もう知られて困ることはないといっていたとおり、ラルフは長たちの会談の席でもクリストフのことを語ったらしかった。伴侶にと望んだ相手がどんな末路を辿ったのか。

「いままでは〈アケディア〉が閉ざされた氏族になっていたから、知られていなかった……？」

「そう、今回ラルフが語ったことで、またひとつ事態が変わった。〈浄化者〉は〈破壊者〉にもなるのだと――」

クリストフの話を聞いて、律也はなるべく深く考えないようにしていたことがある。もし、自分が〈破壊者〉になってしまったら、どうすればいいのか。夜の種族を傷つけるだけの存在になって、愛しいひとのそばにいられなくなったら？

クリストフが辿った道は、律也自身も同じ道を歩む可能性があった。〈世界の境目〉で見た過去の記憶は、ヴェンデルベルトの痛みを心に植え付けると同時に、クリストフの悲痛な運命をも深く刻みつけた。

この刻印は一生消えない。知らなかった頃には戻れない。

「クリストフという浄化者が破壊者になったという事実が明らかにされただけで、その経緯や原因は謎が多い。ただひとつはっきりしているのは、何者かがクリストフを攫ったということだ。それがどの氏族かわからない。もしかしたら、氏族単位でもないのかもしれない。今回の術師たちのように同じ目的で結託している者たちがいるのかもしれない。正直なところ、浄化者をめぐっては昔から争いもあったから、誰が狙っていてもおかしくないんだ。いま、どんな企みが進行しているのかもわからない。疑いだせば、このまえのうちの陰謀事件も術師がらみだった。もしもあれが単に反対勢力のヴァンパイアが起こしただけではなくて、外部からの干渉があったとしたら？　今回の事件や、過去の〈アケディア〉の件——この世界になんらかの脅威をもたらす者がいるとしたら……」

そう語る櫂の横顔には厳しいものがあった。

「今後、なにが起こるのかはわからない。だから、これから不測の事態が起こった場合を想定して、アドリアンやラルフとは情報の共有や、協力関係をつくろうという話をすすめているところだ」

氏族たちの連携——もしかしたら、そういうこともあるかもしれないと思っていたことが現実になる。

「ここで俺に話しても大丈夫なの？」

「あんな事件のあとだ。周囲には警護の者を配置して、強力な結界を張ってあるから、この空間の出来事は漏れやしない」

「〈ルクスリア〉と〈アケディア〉は櫂の味方になるってこと？」

「そう単純ではないよ。まだ決定事項でもないが……なんらかの連携をとることには、アドリアンが乗り気なんだ。彼が最近ずっと〈スペルビア〉との距離を縮めたがっていたのは知っていたが、まさか〈閉ざされた氏族〉の〈アケディア〉まで絡んでくるとは思わなかったから。彼らが他の氏族と深く接触してくることはいままで考えられなかった。〈アケディア〉

の遠見と結界破りは他氏族にとって静かな脅威だった。彼らが積極的に外部と接触しないから見過ごされがちだったが……〈アケディア〉が〈閉ざされた氏族〉から脱却しようとすることには大きな意味がある」

「さらなる脅威にはならないの？」

「でも、〈スペルビア〉と協調してくれるというんだ。安定につながる」

ラルフに〈七色の欠片〉を与えた選択を櫂にも肯定してもらえたような気がして、律也は一安心だった。

「そういえば、語り部の石の精霊の件で縁があるからかもしれないが、ラルフはずいぶんと律のことを買っていたな。きみはなにをしたんだ？」

東條にたずねられたのと、同じようなことを指摘されてドキリとする。

「俺はなにもしてないよ。皮肉だけど、術師たちの起こした事件が、三氏族を結びつけたともいえるんじゃないか」

「たしかに――そういった側面もある」

深く追及されなかったので、律也はひそかに胸をなでおろした。

いくら櫂とはいえ、人魚の話は伝えられなかった。口外してはならないといわれているのだから。

秘密をもつことは後ろめたい。でも、〈七色の欠片〉は今後もきっと必要になる。その力を得るためには、律也がひとりで呑み込んでいかなければいけない出来事もあるのだ。

　燿の隣にただ立っていればいいというものではない。以前から燿のそばにいるために強くならなければならないと思っていた。その道筋が少しずつ見えてきたような気がした。燿だけに負担をかけるわけにはいかない。

「――燿、無理しないでくれ」

　こちらの世界にくる前、アドリアンの出方を見たいといっていた燿が他氏族との連携に傾いたのは、おそらく〈破壊者〉の存在を知ったからに違いなかった。律也を守るために積極的に動こうとしている。

　律也の祈るような目を見て、燿はふっと微笑んだ。

「それは俺の台詞だ。きみが〈世界の境目〉に行ったとき、俺は生きた心地がしなかった」

「でも……行くのを許してくれた。俺がアニーを助けるのを認めてくれただろう」

「きみにはそうする必要があるってわかったからだ。きみがやるべきことをやろうとするのは止められない」

　子どもの頃から律也の面倒を見てくれた燿は、大人になっても過保護なところがあった。伴侶になったあとも、最初は律也を必要以上に心配させまいとして、夜の種族の世界の事情を話すのをためらい、危険なことには関与させまいとしていた。

　でも、いまや燿も確実に変化し、律也の意志を尊重してくれている。一緒に生きていくパートナーだと認めてくれていることがなによりもうれしかった。

「……さっき、クリストフのことを考えてたんだ。もし俺が〈破壊者〉になったら、どうすればいいのかって」

「俺は決してきみをそんな者にはさせない」

燿は迷うことなくいいきる。人前で激しい感情を表すことは少ないが、律也の前ではいつも惜しむことなく秘められた情熱を吐露してくれる。

「もしも、なにかあったとしても——誓いは永遠だ。俺はきみのそばを離れない。きみの魂と肉体は俺につながれている。決して絆が断たれることはない。きみが死ぬときは、俺も塵になって散る」

「燿……」

抱き寄せられて、律也はその背中に腕を回してしがみつく。

燿はいつでも律也がほしいものをくれる。子どもの頃からの慈《いつく》しむような愛情と、伴侶となってからは硬い絆で結ばれた深い愛情。

ならば、自分も誓おう——と思った。燿を決して苦しめるような目には遭わせない、と。

薔薇の匂いが濃くなっている。

療養しているあいだは夜も寝床を別にしていたから、久しぶりのぬくもりだった。こんなに抱きしめられることに飢えていたのだ――と実感する。

「――律……体調は平気なのか？」

いまだに気遣うような言葉に、律也は「平気……」と頷く。

もう何日も抱いていない。この別荘に最初にきたときの激しく甘い交わりを考えれば、櫂がいままでどれほど我慢していたのかがわかる。甘く苦いような表情――。

「……ずっときみがほしくてたまらなかった」

櫂はためいきのような声をもらすと、あらためて律也をきつく抱きしめてくる。ついばむように唇を食《は》まれたあと、舌が入り込んできて、口腔をさぐった。

「――ん」

蜜をたっぷりと絡ませられ　キスをしているだけなのに、まるで櫂の男の部分で下肢を割かれているときのように震えた。

櫂は顎《あご》をとらえて逃げられないようにしたまま、律也の口腔を舐めまわし、舌を美味《おい》しそうに吸う。

「ん……櫂――」

飢えを満たそうとばかりに、唇を食む舌がいやらしい生き物のように動いている。まるで濃厚なセックスをしているみたいなキスだった。

「……あ」

軽く胸もとをなでられただけで、背すじが弓なりに反って、律也は声を漏らした。キスとほんの少しの愛撫だけで下腹のものがはっきりと反応してしまっているのを知られたくなくて、とっさに身を引く。

櫂は律也の腕をつかんで引き寄せると、いったんソファから立ち上がって腰と腿《もも》の後ろに腕を差し入れた。そのまま抱きかかえられて、律也は仰天する。

「……櫂？」

細身とはいえ身長が一七五センチはあるから律也は決して軽いとはいえないのだが、櫂はまるで重さなど感じていないかのようだった。ほっそりした風情の美男でも櫂の力が強いことは知っていたが、まるで女の子みたいに抱きかかえられて困惑する。

寝室まで運ばれて、寝台に降ろされると、律也は目許を朱に染めながら櫂を睨みつけた。

「俺……歩けるのに……」

「もう腰に力が入らなかっただろう？　あれでは歩くのも大変だ」

下半身が反応していたことを指摘されて、律也はますます顔を赤らめた。

「……櫂は意地悪だ……」

恨み言は、唇でそっと吸いとられた。

「きみを早く抱きたいから――」

耀はあやすようにキスしながら、律也の服を脱がしていく。ペンダントを首から外すと、今日はいつも律也がしているように棚の引き出しにしまってくれた。

まだ午後の早い時間帯だったが、窓の外はすでに夜の帳《とばり》がおりていた。ベッドサイドのランプのほのかな灯りのなかで、耀は自身もすばやく服を脱いだ。

引き締まった裸体があらわになると、耀の下半身も律也を欲して反応しているのがわかった。彫像のように美しい肉体のなかで、そこだけが妙に生々しくて、目のやり場に困る。

「……律」

耀は寝台に乗って律也を抱きしめてきた。肌が直接ふれあうと、さらに眩暈《めまい》のするような魅惑的な薔薇の芳香につつみこまれた。強い香りは、耀が激しく欲情している証拠だった。

「あ……」

寝台に倒れ込んで濃厚なキスを交わすたびに、互いの体温があがっていく。

久しぶりに律也の肌にふれて、耀は充足するどころか、さらなる激しい飢えを覚えているようだった。

ずっと食べたかったというように、乳首に舌を這《は》わせて甘噛みする。つんと硬くなったところをさらに吸われて、律也は身悶《みもだ》えた。

舐められるたびに、それはつややかに濡れて、薄紅に色づき、もっと食べてくれとねだっているようだった。

「――ん……」

先ほどから反応している下腹のものは、櫂のほっそりと長い指でしごかれ、熟れたように蜜をたらす。

キスをされていたときから感じていたので、乳首を舐められながら手でいじられていると、すぐに限界がきてしまった。

「あ……櫂――あ……」

射精したあと、腹から胸に飛び散ったものを、櫂は身をかがめて丁寧に舐めとってくれた。達したばかりのものから残りの精も吸いとられる。

律也の体液を口にするたびに、櫂の興奮はさらに激しくなり、息が乱れていくようだった。

いったん吐精してぐったりとなった律也のからだを、櫂は美しい眼差しで視姦しながら、足を大きく開かせる。繊細で、翳《かげ》りと情熱を秘めた黒い瞳に見つめられただけでからだがじわじわと火照《ほて》った。

窄《すぼ》まりに舌を這わせられ、淫《みだ》らな熱を生じさせるヴァンパイアの唾液のせいで、敏感な部分がひくつく。

「や……櫂……しないで」

「よく慣らさないと、久しぶりだし……きみがつらい」

櫂は律也の足の付け根を押さえつけながら、小さな蕾《つぼみ》を開かせるように丁寧にそこを湿らせつづけた。

やがてオイルをたらされて、指が滑り込まされる。長い指で犯されて、腰が震えた。もっと熱いものを――と物欲しげに粘膜が櫂の指をしめつけてしまうのがわかった。

「律……」

櫂はとうとう我慢できなくなったように、律也の腰を浮かせて、怖いくらいに大きくそそりたっているものを後ろに押しあててきた。

先端を挿入されただけで、からだを引き裂かれるようだった。甘い痛みに、律也は瞳を潤ませる。

櫂は目許の涙を吸い取るようにキスしながら、いったん腰を引いて、再度指で慣らしたあと、ゆっくりと慎重にからだを進めてきた。

「あ――」

少しずつ硬い肉が律也の内部に入ってくる。ようやく根元まで太い幹がおさまって、きつい締めつけに櫂が息を吐く。

すぐには動かずに、つながっている部分がなじむまで、櫂は身をかがめて律也の唇をいとしげに吸ってくれた。

先走りの体液がじわじわと律也の粘膜に沁みてきて、媚薬効果をもたらす。からだのこわばりが解けて、粘膜が収縮したのを見計らうように櫂は腰を動かした。

「ん……あ——」

「律……もっとからだの力を抜いて」

突き上げられるたびに甘い痺れが背すじから走って、律也はただ揺さぶられるしかなかった。

櫂の性器をつつみこんでいる律也の肉は、悦《よろこ》びに震える。狭い部分を愉《たの》しむように、櫂のものはさらに奥を穿《うが》ってきた。腰をかかえあげられて、容赦なく貫かれる。熱い肉で擦《こす》られるたびに、律也の内部もまるで火がついたようだった。

櫂の動きも徐々に激しくなり、「や……」といううめき声も封じるようにくちづけられた。互いにからだを押しつけあい、ひとつになったように淫らな動きをくりかえす。

櫂に激しく腰を使われているうちに、律也のものは再び勃起して揺れていた。感じるところばかり意図的に突かれるので、ほどなく甘い蜜を吐きだす。

二度目の射精でぐったりとなったところを、さらに腰を押さえつけられ、逃げられないように固定されて、腰を荒々しく振られる。

「あ……や——櫂、櫂っ……」

櫂の大きなものがよりいっそう膨らんで、律也のなかで弾けた。粘膜をたっぷりの精で濡らされて、さらなる快感につつみこまれる。

息を荒くして、余韻に浸っている律也の額に、櫂がそっと唇をよせてくる。

「律――愛してる」

俺も……と答えようとしたが、先ほどから口を開けて喘《あえ》いでばかりいるので、喉の奥がひりついて声がでなかった。

櫂はそれを見越したように微笑みながら律也の顎をとらえて、唇のなかに甘い蜜を落としてくれる。キスをしているだけで、またすぐにからだが火照ってきてしまって、どうしようもなかった。

櫂もさらに興奮しているらしく、目が赤く光っている。

首すじに唇をつけられ、生気を吸いとられて、律也の頭のなかはぼんやりと霞《かす》む。

「血は……吸わなくていいの？」

「律が意識を失ってしまう。気を吸わせてもらっただけで充分だ」

その代わりに――というように、櫂は律也のからだをゆっくりとなでてくる。

櫂のものは射精しても、まったく萎《な》えていなかった。優美で紳士的な顔立ちとは対照的に、その猛々しい男の部分を目にして、律也は目許が熱くなる。

もっと欲しい――と思ってしまう自分にとまどう。律也まで夜の季節の影響をうけて、淫らな熱病にかかってしまっているようだった。

律也の視線を受けて、櫂はかすかに悪戯っぽい顔を見せると、吐息を混ぜあわせるようなキスをしてきた。

病んだような熱が、いまは抱きしめたいほどいとおしかった。櫂が欲しくてたまらない。内部にだされた精が、律也をさらに熱くしていた。

「――おいで」

櫂は上半身を起こすと、律也の腕を引いて抱き起こす。そのまま引き寄せられ、抱きあう格好で櫂の膝の上に乗せられた。

櫂は律也の首すじを吸いながら背中の線をなぞり、腰をなでる。薄い尻の肉を割って先ほどの吐精で濡れている窄まりを指でさぐる。

淫らな音がして、律也は耳をふさぎたくなった。こぼれてきた精を周囲に塗りつけるようにしながら、櫂はそそりたっているものを押し当てた。

腰を浮かせてから落とされ、一気に貫かれる。

「あ――」

秘所を太い楔《くさび》で穿たれて、律也の上半身が大きく揺れる。それを抱きとめて、櫂はそりかえった胸に顔を埋《うず》めた。

「や……や……」

「律……」

先ほどからさんざん舐められたりしたおかげで、乳首は腫《は》れたように敏感になっていた。

唇で食まれて、甘い疼《うず》きに全身がとろけて、頭のなかが蜜でかきまわされたみたいになにも考えられなくなる。

唯一、認識できるのは、櫂の匂いとからだの熱さ。幼い頃から「いいにおい」としがみついてきた、薔薇の香り。

「——櫂、櫂……」

ずっとそばにいて——とねだった子どものように、律也は櫂の首に腕をぎゅっと回して抱きついた。

櫂がひときわ強く腰を突き上げてきた瞬間、頭のなかが白熱した。


律也は三日ほど朝の光を見ずに過ごした。

夜が長いというのは考えものだった。激しい情交に気を失って、次に目覚めたときもまた暗いので、からだの気怠《けだる》さに起きられないでいると、「律——」と櫂の声が耳もとをくすぐってくる。

抱きしめられているうちに肌の温度があがり、櫂のものを再び受け入れさせられる。そしてまた悦楽の余韻に浸ったまま眠りについて——そのくりかえし。

食事は櫂が運んできてくれたので、ほとんどを寝台の上で過ごした。血と精を絶え間なく与えられているおかげで、そもそも空腹はほとんど感じなかった。

櫂が律也を求めるのと同じように、律也も櫂を求めていた。櫂は初め律也が病み上がりだと気にしていたが、激しい性行為にいったんは消耗しても、交わるたびにからだの内から新たな力が満ちてくるような気がした。最初に別荘で過ごした日々を再現したように甘い時間が流れる。

熱に酔っているようで、ほんとうは頭の片隅で考えている。今回の事件は解決したけれども、これからなにか大きな事件がまた起こるかもしれない、と。

櫂がこうして律也を激しく抱きしめてくれるのも、アドリアンの城で起こった事件を――それにまつわって明らかになったことを、この別荘の甘い日々で上書きさせようとしているからに違いなかった。

〈浄化者〉は〈破壊者〉になりえる――という事実。

「櫂……アニーの昔の名前はヴェンデルベルトっていうんだ……」

律也は櫂に〈世界の境目〉で見た記憶を――ヴェンデルベルトとクリストフとラルフの話を聞かせた。

〈破壊者〉となってしまったクリストフは、相手を傷つけることを畏れて、伴侶になろうと決めていたラルフのもとを去ってしまったこと。ヴェンデルベルトとふたりでいたが、最後は精霊の消滅を避けるために彼とも離れてしまったこと。

クリストフがひとりでどんな最期を迎えたのか、誰も知らない――。

律也がその話をすると、櫂はなだめるように耳もとにキスしてくれた。

「律、俺は決してきみをひとりにしないから、心配するな」

「ほんとに?」

甘えるような問いかけに、櫂は額をこつんとあててきて「ほんとうだ」と微笑みながら律也を抱きしめる。

「きみがいなくなったら……俺には長すぎる時間を生きる意味がない」

言葉はまるで神聖な誓いのような響きをもっていた。律也が不安にとらわれないように、櫂は自らの抱擁に溺《おぼ》れさせようとしているみたいだった。

大きなうねりに呑み込まれるような予感――いっときでも忘れられるようにさらなる熱に酔った。

下半身が融けて混じりあったような数日間が過ぎ去り、律也はしだいに自分の頭のなかが冴えていくのを感じた。

混乱していたつもりはなかったが、クリストフと不思議な人魚の運命を知ってしまってから、やはり頭のなかで整理しきれない部分があったのだ。得体の知れないものに立ち向かっているような気がして怯えていた。

だが、櫂との断ち切れない絆を——肉体と魂がしっかりとつながれている事実を確認できたおかげで、迷いが消えた。

櫂がそばにいてくれる限り、自分に怖いものなどありはしないと思い出したのだ。櫂を追いかけて、人間としての時の流れもあっさり捨ててしまったではないか。

そして、いまは櫂のそばにただいるだけではすまないことも自覚している。自分は大きな流れのなかにいるのだ。夜の種族の世界で脈々と受け継がれてきた歴史のなかに確実に変化をもたらす要因として存在している。

「——明日はもう帰らないと」

櫂に「大丈夫か」といいたげに見つめられて、やはり別荘に寄りたいといったときから、律也の複雑な心情を慮《おもんぱか》っていてくれていたことを知った。

櫂はいつも要求しなくても、律也の欲しいものをくれる。自分も同じように櫂に与えられる存在になりたい。そのためにはまず自分の置かれた立場から逃げないことだ。足もとをしっかりと固めて、先を見据えなくては——。

翌日、久しぶりに朝早く目覚めた。早朝は陽が射していて明るかった。

櫂はまだ眠っていた。美しい寝顔を横目にしながら、律也は起こさないように寝台を抜けだす。

着替えてから、語り部の石のペンダントを取りだして、「アニー」と呼びながら首にかけた。

以前「新婚旅行だっていうから気をきかせてやったんだ」といったとおり、この別荘にやってきてから、アニーは一度も姿を現していない。

「アニー、出てきてくれ」

ようやく石から赤い光があふれてきて、子狼姿のアニーが床から律也を見上げた。

『なんの用だ。俺はおまえらがいちゃいちゃするのはもういいかげん見飽きたぞ』

「今日、帰るんだよ。だから、その前に湖に散歩にいこう。いまはまだ明るいから」

『おまえ、動けるのか。なんでわざわざ湖に行くんだ』

「アニーと一緒にもう一度、人魚のいる湖を見たいから」

『…………』

律也が笑いかけると、アニーは一瞬無言になり、「ふん、つきあってやるか」と顔をそむけた。

話の途中で、櫂が目を覚まして「律――?」と寝台から起き上がる。

「櫂、アニーと朝の散歩にいってくる」

「――俺も行こうか。さすがにいまはひとりじゃ心配だ」

櫂がガウンをはおり、立ち上がろうとした。律也は静かにかぶりを振った。

「いいんだ、大丈夫。これから行くのは境界線の向こうの湖なんだ。そこにはヴァンパイアは入れないから」

「そんなところに……」

「平気なんだ。アニーと一緒だから。アニー、このあいだみたいに案内してくれるだろう?」

アニーは「任しておけ」と得意そうに鼻を鳴らした。

「それに……境界線の手前まではきっと警護のヴァンパイアが見えないようについてきてくれるだろう? 櫂はゆっくり着替えて、あとを追ってきて。境界線の手前で待っていてくれればいい。俺たちが向こうの湖から帰ってきたら、一緒に散歩しよう」

境界線の向こうの湖には、アニーとふたりきりで行かなければならなかった。

説明しなくても、櫂は律也の吹っ切れたような顔を見てなにかを察したようだった。アニーがかつてクリストフに最後まで付き添っていたヴェンデルベルトだということを知っているから、そうする必要があるのだと理解してくれたのかもしれない。

「――わかった、律。じゃあ、あとで」

櫂に見送られて、律也はアニーと部屋を出た。

別荘の外は眩しい朝陽に照らされていた。あと数時間でこの光はなくなり、昼前には暗くなってしまう。

貴重な陽射しを浴びながら、律也はアニーとふたりで別荘地から近い湖へと向かい、その水辺をぐるりと回った。

アニーは体力もずいぶん回復したようで、律也と並んで歩いていた。そのうちに興奮した様子で駆けだしたので、律也も走って追いかけた。

緑と青で彩られた風景が流れる。湖面を照らす陽射しが眩しい光を反射していた。湖の対岸まで移動し、境界線の森へと入る。

先日来たときは暗くなっていたが、いまは早朝なので陽が射していた。

『こっちだ』

アニーがうれしそうに森のなかの道を走っていく。ヴェンデルベルトがクリストフを連れてきたかった、ヴァンパイアの入れない境界線の向こうの湖——。

以前きたときには夜の闇につつまれて、妖しい碧色の光を放っていた湖面はいま清らかに澄んでいた。

木々の枝がからまって自然の天蓋をつくる森を抜けたあとなので、湖はひときわ明るく涼やかに輝いて見えた。

前回は湖面に波がたって、なにかが泳いでいた。だが、今朝はひっそりと静まり返り、水に棲むものの気配はなかった。

あの七色の鱗をもつ人魚にもしかしたら会えるかもしれないと思ってきたが、現れそうもなかった。

もしも、あれがクリストフの想いをなんらかのかたちで継いでいる存在なら、かつての自分の大切なもの——ヴェンデルベルトとラルフを救うために律也の前に現れたのだと推測できる。

アニーはあの人魚に会って、「あなたと近いものです」といわれても、クリストフだとは気づかなかった。精霊の目はエネルギーを全面にとらえるから、違う存在に映るのか。あのときは記憶が完全に戻ってなかったせいもあるのかもしれない。

ラルフならば「黒子がある」といっていたから、気づく可能性がある。だが、人魚は決してラルフの前には現れない。ヴァンパイアの入れない湖に棲んでいるのだから。皮肉な偶然なのか、必然なのか。

アニーがヴェンデルベルトの記憶は別人のようなものだといっていたように、あの人魚にクリストフの記憶があったとしても、同一人物というわけでもないのかもしれない。

いったいあれはなんだったのか。人魚ですらないのか。もしかしたら——という考えは浮かんできても、確実なことはなにもわからない。

しばらく人魚がでてくるのを待ってみたが、やはり湖は静寂につつまれたままだった。

律也はなにも語らぬ湖面を見つめながら、ゆっくりと水辺に近づいた。

〈七色の欠片〉のお礼のつもりで、手を水のなかにいれて、青い気を送った。

「——ありがとう。あなたのおかげで、助かった」

青い光が水のなかに差し込み、暗い水底まで届く。姿こそ現さないものの、水に棲むものが静かに悦びを伝えてくるのが感じられた。だが、人魚の姿は見えなかった。

七色の鱗を持つ人魚はほんとうにいたのだろうか。いまこうして静かな湖を見ていると、ここで初めて出会ったことも、〈世界の境目〉に現れたことも夢のように思えてくる。

アニーは律也が水に手を入れるのを神妙に見ていた。

『あの人魚なら、もう現れないと思うぞ』

「どうして？」

『……さあな、そんな気がするんだ。俺は超自然的な存在だから、根拠がなくてもわかってしまうこともあるんだ』

もし人魚とクリストフの黒子のことをいったら、アニーはなんていうだろうか。単なる偶然だと笑うか。でも、人魚は「話すな」といった。だから、律也はひとりでこの事実を抱えるしかないのだ。

アニーのいうとおり、もう人魚は律也の前に姿を現すことはないだろう。次に会うとしても、べつのなにかに変化しているかもしれない。

「――戻ろうか」

律也が踵《きびす》を返して歩きだしたところ、ふとアニーが足を止めた。

「アニー？」

後ろを振り返ると、湖の水面が虹色に光り輝いていた。

それは一瞬の事象だった。七色の光が湖面をゆらゆらと漂い、水底に引き込まれるように消えていく。

気がついたときには、もう湖は先ほどと同じ色を取り戻していた。七色の光はどこにもない。

律也はしばらくその場に立ちつくした。人魚が現れるのではないかと期待したが、水面は澄んだ水をたたえているだけだった。

『——行くぞ』

アニーが先に歩きだしてしまったので、律也はあわててあとを追う。

不思議な現象に出会って、再び頭が混乱しかけていた。複雑に絡みあった事柄を解き明かせば、いったいなにが見えてくるのか。

その困惑を読みとったかのように、アニーがふいに足を止めた。じろりと律也を見上げてきて、赤い光の球体になったかと思うと、みるみるうちに子狼姿から人型に変化した。青年姿のアニーは、律也の隣に並んで立つとまっすぐな視線を向けてきた。

「——俺はおまえのそばにいてやる。……今度こそ最後まで。それでいいだろう」

揺らぎのない青年の瞳——別人の記憶だといったが、やはりアニーのなかには時おりヴェンデルベルトが見える。〈世界の境目〉で見た過去の日々がその眼差しに重なっては消えていって、律也は胸を詰まらせた。

「……ありがとう、アニー」

境界線の森を出ると、ちょうど櫂が湖の対岸からぐるりと回って歩いてくるのが見えた。律也たちを見つけて、安堵したような表情を浮かべる。

「――律」

自然と早足になって、律也は櫂のもとへと駆け寄った。先ほどの虹色の不思議な光が頭の片隅をよぎっていた。

なぜあの人魚は律也に〈七色の欠片〉を渡したのか。今回、すべてが起こってから、彼の言葉の意味に気づいたように、後から理由はわかるものなのかもしれない。

さまざまな事象が起こるなかで、受け止めきれないことはたくさんある。だけど、迷ったときにいつでも律也の心を前へと導いてくれる存在――。

櫂に抱きとめられた瞬間に、薔薇の匂いがふわりと漂って、胸いっぱいに吸い込む。

誰よりも愛しい櫂――自らを取り囲む状況がどんなに変わろうとも、それだけは不変だった。

「律――よかった、少し遅いから心配した。……湖は綺麗だったか」

「うん――綺麗だった」

櫂はアニーとどうして人魚の湖に行ったのかは訊かない。こうして律也を待っていて、するべきことをしてきたのだと認めてくれているのだろう。

足もとで再び子狼姿に戻ったアニーが抱きあうふたりをじっと見つめていた。櫂がその視線に気づいたように微笑む。

「――おかえり、律の守り神」

櫂にそう声をかけられた瞬間、〈世界の境目〉に落ちてしまって以来、アニーがほんとうの意味で律也のもとに戻ってきたような気がした。

語り部の石の精霊はひとの感情を自身の姿に鏡のように映す――。

アニーは「ふん」というようにそっぽを向きながら、面倒くさそうに尻尾を振ってみせた。

夜の季節の貴重な短い陽射しが頭上に輝いている下で、律也は櫂と並んで歩きだす。

なにが起こるのか――未来は答えを教えてくれない。

めまぐるしく変わる事態に、翻弄されつづけていく。きっと自分はそういう運命にあるのだ。

だが、これからなにが起きようとも立ち向かっていく覚悟はできていた。すでに自分はなによりも強い力を手に入れている。

湖のほとりを走っていくアニーを見つめ、律也は笑顔で傍らに寄り添う櫂を振り返った。

愛しいひとたちが自分を信じて、そばにいてくれる――それだけで律也には充分だった。

終わりのはじまり

クリストフは眠るのが恐ろしかった。どんなに忘れようとしても、忌まわしい記憶が夢となって現れるから。

初めて夜の種族の世界に攫《さら》われてきたときもそうだった。契約もせずに人間を連れてくるヴァンパイアは、こちらを餌《えさ》としか思っていない。鎖に繋《つな》がれて、死なない程度に食料を与えられ、血を抜きとられて、終わることなく性欲を満たす相手をさせられる。眩暈《めまい》のするような爛《ただ》れた欲望に血塗られた世界――。

そんな暮らしからいったんは抜けだせたはずだったのに、自分はまた連れ去られて……。

「――クリストフ、大丈夫か」

肩を揺さぶられて、はっと目を覚ますと、ヴェンデルベルトが心配そうにクリストフを覗《のぞ》き込んでいた。どうやらまた悪夢にうなされていたらしい。

パチパチと焚《た》き木の燃える音がした。まだ闇が深い。精霊は眠らなくても平気だといって、ヴェンデルベルトは一晩中火の番をしてくれている。

〈アケディア〉の地をあとにしてから、クリストフとヴェンデルベルトはあてもない野宿の旅を続けていた。

クリストフの白い肌は薄汚れ、とび色の髪は埃《ほこり》だらけになっていた。かつては皆に「美しい若者だ」と評されたものだが、いまの姿を見れば、そんな賞賛は誰からも得られないだろう。端整な顔の造形は変わらなかったが、あまりにもやつれはて、がりがりに痩《や》せて、昔の面影はなかった。

かなり疲労がたまっていたが、ヴェンデルベルトはその比ではないはずだった。なにせ彼の霊的エネルギーは、マイナスの気を発している自分と一緒にいることで徐々に削られていっているのだから。

心配そうな顔をしているヴェンデルベルトに、クリストフは「大丈夫だ」と笑いかけた。

「俺は起きるから、きみも石のなかに戻ってくれ。人型になってるのは大変だろう?」

「まだ夜が明けていない。もっと眠ったほうがいい。休め」

語り部の石の精霊であるヴェンデルベルトは、薄汚れたクリストフとは対照的に精緻な美しさを保っていた。彼の肌は汗で汚れることもなければ、髪が脂でべたつくこともない。実体はエネルギーそのもので、たんに人型をかたちづくっているだけだからだ。

いつも少し眉をひそめているような、気難しげな表情が似合う理知的な美貌。黒い巻き毛に神秘的な青い瞳。

あまりにも綺麗《きれい》すぎて近寄りがたかったため、ある日ぼそりと冗談で、「ヴェンデルベルトはいろんな姿になれるのなら、もっと明るく親しみのもてる感じになれないのかな」といってしまったことがあった。すると、彼はいっとき赤毛に変身してみせた。

「この前、街でおまえは赤毛の女の子をかわいいといっていただろう」という言葉を聞いて、彼が律儀に主の要望を聞いてくれたつもりなのだと知った。元のままでいいといってすぐに黒髪に戻ってもらったが、「俺はなんにでもなれるんだ」という得意そうな声を聞いて、クリストフは思わず噴きだしてしまったのを覚えている。そのやりとりをしたのも遠い昔のことーー出会ったのは四十年以上前になるのだから……。

「ーーさあ、眠れ」

ヴェンデルベルトはクリストフの頭をぐいっと押しやって横にならせようとする。

以前はそうでもなかったのに、最近になって、ヴェンデルベルトはよくクリストフにふれてくるようになった。

〈アケディア〉の地を離れるとき、クリストフは絶望していた。自分の放つマイナスの気を浴びて、伴侶になろうと一度は誓ったラルフが失明してしまったからだ。

「もう俺は誰にも近づくことができない。そばにいれば、みんな死んでしまう」

そう嘆くクリストフを、ヴェンデルベルトは困ったように見ていた。あれからだ、彼がよくクリストフの肩にふれたり、頭をなでてくるようになったのは。クリストフがマイナスの気を帯びるようになって、誰とも接触できない状態になってしまったから。俺は偉大な精霊だから大丈夫だーーと慰めてくれているつもりらしかった。

クリストフも最初、精霊はもしかしたら平気なのかもしれないと思っていた。彼だけは自分のそばにいてくれるのだと……だが、希望はすぐに打ち砕かれた。

その証拠にーーいまも、火の番をしてくれているはずのヴェンデルベルトの姿が、ゆらゆらと揺らいで、透けていた。クリストフのマイナスの気のおかげで、人型を長く保てなくなっているのだ。このまま一緒にいたら、彼は近いうちに霊的エネルギーをすべて失って、消滅してしまうだろう……。

「クリストフ？　眠れないのか」

視線に気づいて、ヴェンデルベルトが声をかけてきたので、クリストフは彼を心配させないために、「大丈夫だ」といって目を閉じて横を向いた。

そばにいるだけで毒になる。かつては浄化者の青い気が語り部の石の精霊に無限の力を与えたはずだった。精霊が強くなればと願って「ヴェンデルベルト、ヴェンデルベルト」とくりかえし名前を呼んでいたことを思い出す。それがいまはもう……。

クリストフはにじむ涙をぬぐいながら、早く決断しなければ――と唇を噛《か》みしめた。

オオカミ族の居住地に着いても、クリストフは街中を歩くことはなかった。夜の種族たちのエネルギーを奪ってしまうと困るからだ。もっともいまは浮浪者のような外見だったので、違う意味でも人前に出るのは困難だった。

代わりにヴェンデルベルトが食料などを調達しにいき、クリストフはひと気のない町はずれの廃屋で待った。

腐り落ちそうな壁にもたれながら、クリストフは息苦しさに目を細めた。自らの放つマイナスの気が、徐々に自身のからだをも蝕《むしば》んでいた。人間なら気の影響はこれほど受けないはずなのに――もはや自分もひとならざるものに変化していたことを皮肉にもこのとき初めて実感した。

「クリストフ、ほら、食べろ」

ヴェンデルベルトはパンや肉、果物や新鮮なミルクなどをクリストフのためにもってきてくれた。「ありがとう」と口に運んだが、もはや砂を噛むような味しか感じられなかった。肉体が徐々に壊れていっているのだ。

あまりにもひどい格好だったからか、ヴェンデルベルトが着替えの衣服とともに桶《おけ》に水を汲《く》んで運んできてくれたので、クリストフは久しぶりにからだの汚れを落とし、髪も洗った。

新しい服に着替えて身づくろいがすむと、ヴェンデルベルトはうれしそうに微笑《ほほえ》みながら髪をなでてきた。

「すぐに元気になる。俺がおまえを元に戻す方法をさがしてきてやるから」

「…………」

その言葉は素直にうれしかった。だが、そういってくれるヴェンデルベルトのからだはまたもや輪郭が揺らいでいた。人型を保てずにいまにも光の球体になって、石のなかに吸い込まれそうだった。もしくはそのまま消えてしまいそうに……。

「ヴェンデルベルト……！」

クリストフはあわててヴェンデルベルトの手をつかんだ。自分がふれれば毒になる。わかっているのに、この一瞬だけは堪《こら》えきれなかった。

「……クリストフ？　どうしたんだ？」

ヴェンデルベルトは驚いたように目を瞠《みは》った。人型をうまく保てていないことも気づかず——いや、気づいていても、自らが消えることなどつゆほども心配していないのだ。ただひたすらクリストフのことばかり考えているから。

「俺とこのまま一緒にいたら——ヴェンデルベルト……きみまで消えてしまう」

クリストフの瞳からぽつりぽつりと涙がこぼれ落ちて、握りしめている手を濡《ぬ》らした。ヴェンデルベルトはうろたえたように手をぎゅっと握り返してきた。

「大丈夫だ。消えたりしない。俺は一緒にいるから……。ほかの夜の種族なんかと一緒にするな。精霊だから、ヴァンパイアにはできないことも俺にはできる」

昔から、普段は物静かなくせに、ヴェンデルベルトは夜の種族にだけは対抗するような口をきく。負けず嫌いな一面がおかしくて、クリストフは泣きながら笑った。

「……人魚のいる湖にも連れていける？」

「そうだ。ここで少し休んで体力を取り戻したら、湖沼地帯に行こう。前から人魚を見たいといっていただろう」

クリストフが頷《うなず》くと、ヴェンデルベルトはうれしそうに勢い込んで言葉を継いだ。

「ほかの者は消え去っても、俺だけはそばにいる。俺は精霊だから、おまえたちとは違うんだ。おまえが元に戻ったら、またラルフと会えるようにしてやる」

クリストフは「そうだな」と答えた。そんな未来が訪れればいい――とまだ希望を信じている表情をして。だが、その望みがもう叶《かな》わないことは知っていた。

そのやりとりからほどなくして、ヴェンデルベルトは石から出てこられなくなった。無理をしてクリストフのそばで人型をとっていたせいで、霊的エネルギーが限界にきていたのだ。

いよいよ決断のときがきた――とクリストフは覚悟した。

(すまない……クリストフ。もう少ししたら出ていけるから……また食料をもってくる)

石から訴えてくる声はいまにも消えそうに儚《はかな》かった。

「いいんだ、ヴェンデルベルト。ゆっくり休んでくれ。まだ食べるものはあるから、大丈夫だよ」

(……明日にも、旅の支度をしよう。幸い湖沼地帯は……そう遠く……ない)

「うん、楽しみだ。ありがとう、ヴェンデルベルト」

もう一刻の猶予もならなかった。

クリストフは直接手がふれないように布で語り部の石をくるみながら、小さな革袋に入れた。

　夜を待って、廃屋を出た。街にひと気がなくなってから、表通りを歩く。骨董屋《こっとうや》の看板を見つけると、その店の軒先に革袋と手紙を置いた。

　手紙には「偉大な精霊の語り部の石です。どうかふさわしい場所においてください」と記した。店主が見つけてくれればそれでいい。もしもほかの誰かに持ち去られたとしても、語り部の石は幸運を呼ぶアイテムとして人気があるから、きっとお守りとして大切にしてもらえる。浄化者でなくても、こちらの世界の契約者となっている者の気を与えてもらえば、ヴェンデルベルトは少しずつ回復する……。

　店の前から立ち去ろうとしたとき、革袋のなかからヴェンデルベルトがクリストフの行動に気づいて動揺しているのが感じられた。

（クリストフ……）

　待て、どこに行くんだ――と彼は問い質《ただ》したかったに違いない。だが、もう石のなかから姿を現すことも、それ以上の声を発することもできなかった。それほど消耗していたのだ。

　自分が消滅してしまうかもしれないのに、そばにいてくれた――。

　クリストフは泣きながら微笑んだ。もうふれられない。近づくことはできない。

「――ありがとう、ヴェンデルベルト」

　彼がどうか消えてしまわないように――祈りながら、クリストフはヴェンデルベルトのもとを去った。

ヴェンデルベルトと別れてから、クリストフはひとりで湖沼地帯を目指した。ひと気のない時間を選んで行動し、ろくに食べもせずにひたすら歩いた。意識が朦朧《もうろう》とし、肉体は限界を訴え、もはや動いているのが不思議なくらいだった。自分がどうして、なぜそこへ向かっているのかもよくわからなくなった。

ようやく湖沼地帯に辿《たど》り着き、美しい緑と湖の風景が目に入ってきたとき、突然、感情の栓が外れたように涙がこぼれてきて止まらなかった。

クリストフはヴェンデルベルトの話を思い出しながら、ヴァンパイアと水妖が協定を結んでいるという境界線の森へと向かった。ひときわ大きな湖の周囲をぐるりと回り、森のなかへと入る。

木々の緑のにおいに抱かれながら、クリストフは息を切らせて前に進んだ。記憶が錯綜した。苦痛から逃避するように、幸せだった頃の日々が頭のなかに再生されていた。

夜の種族の世界に連れてこられて、最初は自らの運命を嘆いてばかりいた。ヴァンパイアのもとを逃げだしてからは、オオカミ族の街にまぎれこんで、気ままな生活をしていた。孤独だったが、語り部の石を手にいれてからは、ヴェンデルベルトがずっとそばにいてくれた。そしてラルフに出会って、心を通わせて……。

ヴァンパイア嫌いだった自分の心を癒してくれた美しい銀髪の男の顔を思い浮かべると、いまさらのように胸が痛んだ。

強引に自分を閉じ込めてモノにすることもできただろうに、ラルフは誠実に何十年も気が変わるのを待ってくれた。

だから、クリストフも彼を大切にしたいと思ったのだ。でも、結局、自分は宝石のように美しかった彼のライムグリーンの瞳から視力を奪ってしまった。マイナスの気は、ほかにもきっと身体に悪影響を与えたに違いない。ラルフは氏族の長なのに……自分にさえかかわらなければ、こんなことにはならなかった。

ラルフにこんな情けない姿は見せたくないな、と思った。彼には二度と会えなくても仕方ない。でも、あの美しい瞳に光が戻るのなら、自分はなんでもするだろう。

そしてヴェンデルベルト——消えかけてまで、一緒にいてくれた精霊を救うためなら、どんなことも厭《いと》わない。でも、もはや自分にはそんな力は残されていない。

森のなかをあてもなく進んでいくと、まるで導かれるようにクリストフは碧色の澄んだ湖に辿り着いた。

いままでと空気が違うのが感じとれる。ここが人魚の住む湖なのだろうか。もし人魚に出会っても、その命を削ってしまうかもしれないのに、どうしてきてしまったのか。

クリストフが力つきて湖のほとりに膝《ひざ》をついたとき、空からオーロラのような光が降りてきた。光はカーテンのようにあたりを取り囲み、やがて湖のなかへと降り注ぐ。湖面が虹色に輝き、目に眩《まばゆ》かった。

はっきりとその光が意思をもっているのが感じられた。言葉ではなく、クリストフのなかに直接入り込んできて、問いかけてくる。望みはなにか——と。

いまの目の前の光景が、夢なのか現《うつつ》なのか、もう認識できなかった。ただ自分がここまで辿り着いたのは、この意思に出会うためだということがわかった。

走馬灯のように、頭のなかにさまざまな思いがよぎる。いま、自分が欲しているもの。朽ち果てようとしている自らの肉体の救済か。いや、答えは結局、先ほどと同じことに行き着いた。助けたいひとがいるのだが、自分にはもうその力がないのだ——と。

光はクリストフの望みを感じとったらしかった。

未知なる力に引き寄せられるようにして、クリストフは最後の力を振り絞って歩き、湖のすぐそばまで寄っていった。ここが自分の生の終着点だと悟った。

ヴァンパイアの伴侶になって、永遠に生きるのだと望んだこともあった。美しいラルフの姿が再び脳裏に浮かんできた。自分に微笑みかけるやさしいライムグリーンの瞳。

「さようなら」——と愛したひとに静かに別れを告げる。

死ぬのは怖くなかったが、虹色の光は自分を途方もないところへ連れていくような気がして、怯《おび》えがまったくないといったら嘘になった。かたちにならない感情が、再び涙となってこぼれおちた。

「――ヴェンデルベルト、ヴェンデルベルト」

気がつくと、クリストフは魔法の呪文のようにその名前を口にしていた。

その名をくりかえせば、無限の力が宿るような気がした。自分を最後まで守ろうとしてくれた、いとしい精霊の……。

微笑みながら、まるでやわらかいベッドに身を横たえるようにして、クリストフは湖のなかに落ちた。

虹色の光がゆっくりとそのからだを受け止めて、静かに底へと運んでいく。七色の光に満ちた清らかなる水のなかで、長い年月をかけて瘴気《しょうき》は徐々に薄れていった。破壊者となってしまったクリストフとしての生は終わり、新たなる存在へと変化する。

生まれ変わる際、彼の最後の望み――愛した者たちを救いたいという想いだけが、かろうじて意識のなかに残った。虹色の光が新たな運命を与え、こうしてクリストフは大いなる力の一部となった。

あとがき

はじめまして。こんにちは。杉原理生です。

このたびは拙作『夜と薔薇の系譜』を手にとってくださって、ありがとうございました。

夜の種族のヴァンパイアを描いたお話で、舞台は『薔薇と接吻《キス》』『夜を統べる王』と同じ世界になっております。

お話自体はそれぞれ完結しているので、この本を気に入ってくださったら、他の作品もぜひお手にとっていただけるとうれしいです。

今回は律也と櫂の新婚旅行、そして脇役のアニーに焦点をあてたお話となっております。人外の美青年たちと、丸っこい子狼を楽しんでいただければと思います。

さて、お世話になった方に御礼を。

イラストの高星麻子先生には、ただでさえ登場人物が多いのに、今回さらに新キャラを増やしてご迷惑をおかけしました。青年アニー、人魚、アドリアン、ルネ、ラルフ、ヴェンデルベルト、クリストフ、ナジル――の面々を新たに描いていただきました。キャララフのときから、次から次へと出てくる美形にうっとりしてしまいました。カラー、モノクロともに美麗に描いていただいて、とてもうれしかったです。個人的にモノクロの〈世界の境目〉から帰ってくる場面が、櫂の翼の広がっている美しさと、あとなによりも律也の腕のなかでつぶらな瞳を見せている丸っこい子がかわいくてお気に入りです。青年アニーとヴェンデルベルトも、わたしが自分でイメージした以上に描いてくださって感激いたしました。お忙しいところ、素敵な絵をありがとうございました。

お世話になっている担当様、いつもご迷惑をかけてしまって申し訳ありません。予定通りに原稿があがらず、お手数をかけております。今後は改善するように努力いたしますので、どうぞよろしくお願いいたします。

そして最後になりましたが、読んでくださった皆様にも、あらためて御礼を申し上げます。

今回、前半は櫂と律也の蜜月、そして後半はアニーの愛らしさを堪能していただければと思います。子狼姿と青年姿のイラストを入れていただいたので作者的には満足です。ほかのキャラもなるべく少しずつ登場させていますが、いろいろ広げるとページ数が大変なことになるので、できるだけコンパクトにまとめました。少しでも読みやすくなっているといいのですが。

書き上げてみれば、今回も好きなものばかりを詰めあわせた感じのお話となりました。読んでくださった方には、しばし現《うつつ》を忘れながら妖しく幻想的な世界を楽しんでいただければ幸いです。

杉原　理生

✦初出　夜と薔薇の系譜……………書き下ろし
終わりのはじまり……………書き下ろし

杉原理生先生、高星麻子先生へのお便り、本作品に関するご意見、ご感想などは
〒151-0051 東京都渋谷区千駄ヶ谷 4-9-7
幻冬舎コミックス　ルチル文庫「夜と薔薇の系譜」係まで。

幻冬舎ルチル文庫

夜と薔薇の系譜

2014年5月20日　第1刷発行

✦著者　杉原理生　すぎはら りお

✦発行人　伊藤嘉彦

✦発行元　株式会社 幻冬舎コミックス
〒151-0051 東京都渋谷区千駄ヶ谷 4-9-7
電話 03(5411)6431［編集］

✦発売元　株式会社 幻冬舎
〒151-0051 東京都渋谷区千駄ヶ谷 4-9-7
電話 03(5411)6222［営業］
振替 00120-8-767643

✦印刷・製本所　中央精版印刷株式会社

✦検印廃止

ISBN978-4-344-83136-0　C0193　Printed in Japan